Le 3 avril

Qira Benedict

Le 3 avril

Roman

© Qira Benedict, 2024
Édition : BoD · Books on Demand GmbH, In de Tarpen 42, 22848 Norderstedt (Allemagne)
Impression : Libri Plureos GmbH, Friedensallee 273, 22763 Hamburg (Allemagne)

Illustration : Montage Qira Benedict
ISBN : 978-2-3225-4375-5
Dépôt légal : Novembre 2024

Vendredi 13 mars

« J'en ai marre… Je n'en peux plus… Le 3 avril, je quitte ce monde ! »

Un frisson parcourt tout son corps. Quelque chose de grave va arriver. Dans le grand réfectoire lumineux du lycée, tout le monde rit. Ces deux dernières semaines, Nourine s'était presque amusée à l'idée d'entendre les pensées des personnes autour d'elle. Mais cette fois, c'est différent.

Elle scrute les visages. *La personne qui pense ainsi est forcément triste, du moins, elle ne rit pas*, se figure-t-elle. Tous les élèves du lycée, de la troisième à la terminale, s'esclaffent et commentent les propos du professeur d'université invité par Nourine : M. Paul Delgado.

Le célèbre professeur de sociologie traite de la discrimination, et son récit sur celle opérée chez leurs voisins européens en fonction de la couleur de peau a causé l'hilarité de l'assistance : cela est incompréhensible en Izzedine, le pays le plus cosmopolite d'Europe. Chacun, dans le réfectoire, a des grands-parents, des parents, des oncles et même une fratrie de carnation autre que la sienne.

Nourine affiche un large sourire, mais ses pensées sont ailleurs : quelqu'un dans ce réfectoire veut mettre fin à ses jours le 3 avril !

« Le 3 avril, c'est un vendredi… C'est dans trois semaines ! », chuchote-t-elle soudain.

CHAPITRE 1

Deux semaines plus tôt. Dimanche 1er mars.

Nourine, installée dans un fauteuil d'un café branché du centre de Gefflait, dévisage l'homme d'une trentaine d'années assis en face d'elle, cheveux noirs gominés et teint pâle. Au téléphone, il fronce les sourcils, faussement inquiet, et ponctue ses phrases d'un « Je comprends ». Ce rendez-vous, c'est son amie et collègue Caroline, du lycée Merlo, qui en a eu l'idée. Elle veut voir son amie « casée » : elle est célibataire depuis longtemps, « il est temps », avait-elle déclaré. Nourine jette un œil au bistrot noir de monde en ce dimanche après-midi. Elle expire lentement en regardant Mickaël concentré sur son appel. « Tout de suite, tu dis ? », répète-t-il. Nourine hausse un sourcil, à peine surprise. *Sérieusement ? Sérieusement ? Il me fait le coup de l'appel d'un ami pour partir après seulement dix minutes ?* Mickaël prend une grande inspiration, lève les yeux vers la jeune femme une fois son coup de téléphone terminé, avec une mine faussement défaite. Nourine tente de rester calme, elle s'agite sur son fauteuil. « Je vais devoir partir maintenant, Nourine, je suis désolé, vraiment… » Nourine baisse la tête un instant vers son café, elle lui jetterait volontiers ses quatre vérités à la figure. Partir au bout de dix minutes après être arrivé avec quinze minutes de retard, c'en est trop pour la professeure d'éducation civique. Seulement, Mickaël partage un bureau avec Mourad, le frère de son amie Caroline, et elle ne souhaite pas, elle, laisser une mauvaise image. Nourine inspire profondément, redresse la tête sans expression sur le visage, avant de s'exclamer : « Dommage, tu n'auras même pas eu le temps de boire ton café, je vais rester boire le mien, si ça ne te dérange pas ! » Elle force un sourire qui met Mickaël mal à l'aise. Soudain très embarrassé, le jeune homme se lève en balbutiant des excuses, dépose des billets sur la table « pour les cafés », bredouille-t-il, avant de partir sans se retourner. Nourine le regarde se faufiler maladroitement entre les tables et les fauteuils, avant de parvenir enfin à sortir du bar.

En colère contre elle-même, la jeune femme avale une gorgée de son café encore chaud. Alors, c'est ça ? Il jette un coup d'œil et il s'en va ! Elle va m'entendre, Caroline. Les collègues de son frère ne sont pas fiables. Je savais que je ne devais pas accepter ! Tant pis… ça me fait une nouvelle robe de plus !

Nourine observe furtivement sa robe bleue et s'assure que ses boucles noires sont bien en place sur ses épaules. Depuis plus d'un an, en plus de s'être inscrite à l'agence matrimoniale de sa mosquée sur les conseils de son père,

Nourine accepte des rendez-vous organisés par ses amis. Elle a décidé qu'elle devait se remettre en selle après l'annulation de ses « presque fiançailles » quelques années plus tôt.

Pour l'instant, toutes ses tentatives se sont avérées négatives. À tout juste trente-cinq ans, Nourine commence à désespérer de rencontrer un partenaire compatible. Elle y avait cru quelques mois avec Issa Britaine, un brillant professeur en études de religions, mais à la surprise générale, elle avait mis un terme à leur relation.

Nourine cherche du regard un serveur. Un grand jeune homme très fin, les épaules basses, croise son regard. Léger sourire aux lèvres, il se dirige vers elle. « Je vais prendre un noéa, s'il vous plaît. » Le serveur prend note et remarque la tasse de café pleine devant Nourine. La jeune femme entend un bourdonnement, suivi d'un tintement de cloche, puis : « *Il est parti ! Il n'a même pas commencé, je me demande ce qu'elle a dit.* »

« Oui, il est parti sans terminer, s'écrie-t-elle, légèrement agacée, il avait… comment dire… un impératif de dernière minute. Et pourquoi j'aurais dit quelque chose de spécial ? »

Le serveur la fixe, d'abord livide puis rouge de confusion.

« D'accord… Désolé, madame… je ne pensais pas l'avoir dit à haute voix. »

Nourine est déconcertée, elle constate la gêne du serveur qui débarrasse la tasse. Elle secoue la tête avec un léger sourire.

Elle décide qu'après avoir dégusté le noéa, son gâteau favori, une spécialité izzedinienne composée de céréales et de noix, elle s'adonnera à son remède miracle bonne humeur : le shopping. Elle s'interroge tout de même sur la disparition soudaine de Mickaël, ils n'ont pas eu le temps de se dire grand-chose. *Je ne suis quand même pas horrible au point de faire fuir les hommes à peine le café posé sur la table !* Elle entend de nouveau ce tintement de cloche, puis : « *Je ne peux pas faire ça ! Je ne peux pas lui faire ça !* » Nourine regarde autour d'elle, les clients boivent et mangent et bavardent paisiblement. Une délicieuse odeur de gâteau interrompt ses interrogations, le serveur dépose le noéa sur la table :

« Bonne dégustation, madame.

— Merci », répond machinalement Nourine.

La jeune femme, troublée, balaie encore brièvement la salle du regard en touchant mécaniquement ses cheveux. Elle commence à déguster son gâteau. Elle essaie de se convaincre que la voix qu'elle a entendue n'était pas dans sa tête.

Chapitre 2

Nourine franchit difficilement la grande porte d'entrée de son immeuble de dix étages. Sa silhouette chargée de sacs de shopping, tenant fermement ses clés entre les doigts de sa main droite entrelacés autour de quatre sacs, se reflète dans les quatre miroirs de l'entrée. Elle aperçoit les boîtes aux lettres et se souvient avec bonheur que c'est dimanche. Elle soulève sa main droite, bascule tout son poids sur la gauche pour activer la seconde porte avec son badge. La porte vitrée coulisse. Rapidement, elle passe en prêtant attention à ne pas coincer ses derniers achats. Elle entend le vibreur de son téléphone dans son sac. Elle soupire en pressant difficilement le bouton d'un des deux ascenseurs. Elle se doute de l'auteur de ces appels : sa mère. Celle-ci attend avec impatience le récit de son rendez-vous. Elle a déjà appelé à deux reprises, seulement, Nourine n'a pas voulu interrompre son shopping. Sa collègue et amie Caroline a aussi tenté de la joindre. Nourine lui a envoyé rapidement un message sans détails.

La jeune femme se poste devant le grand miroir placé entre les deux ascenseurs, elle s'observe. Son pardessus beige et son écharpe verte font ressortir son teint marron foncé. Sa chevelure noire épaisse avec ses boucles spécialement accentuées pour l'occasion tombe encore bien sur ses épaules, à sa grande satisfaction. Comme pour chaque rendez-vous, elle s'est apprêtée, a légèrement maquillé son visage allongé, et pris soin de bien mettre en valeur ses yeux noisette. Le miroir ne descend pas suffisamment pour refléter ses escarpins noirs à la dernière mode spécifiquement achetés pour ce rendez-vous et qui rallongent sa taille moyenne. Nourine n'affectionne pas vraiment les talons hauts, elle en porte cependant lors de grandes occasions et des sorties entre filles chaque mois, auxquelles elle réserve ses paires les plus vertigineuses. *Qu'est-ce qui a bien pu faire fuir ce Mickaël ? Je ne suis quand même pas désagréable à regarder !* La porte de l'ascenseur s'ouvre. La jeune femme s'y engouffre précautionneusement. D'autres miroirs tapissent la cabine. Nourine les a toujours trouvés utiles, sauf lorsqu'elle ne se sent pas à son avantage.

Arrivée au septième étage, Nourine sort en crabe, toujours soucieuse de ne pas coincer ses paquets. Elle fait quelques pas sur le palier de trois logements, dépose ses achats devant sa porte et fait attention à ne pas les mettre devant la porte d'à côté : son voisin Ali était sorti un peu vite une fois et avait donné un bon coup de pied dans l'un de ses paquets, qui contenait une jolie forêt noire achetée dans la pâtisserie française du centre de Gefflait. Ali s'était confondu en excuses et lui avait rapporté une autre forêt noire le soir même. Touchée par cette délicate attention, elle les avait invités, lui et son mari, Lionel, à déguster le gâteau avec elle. C'était il y a quatre ans ; depuis, ils sont très bons amis.

Elle enfonce la clé dans la serrure. Au même moment, la porte opposée au bout du couloir s'ouvre lentement, puis deux enfants sortent brusquement. Ils se précipitent sur Nourine. La jeune femme n'a pas le temps de se retourner au cri de son prénom qu'elle se retrouve la taille ceinturée par les bras d'une fillette et d'un petit garçon aux cheveux orangés. Ses clés restent pendues sur la porte.

« Nawal, Charlie, doucement ! Laissez Nourine respirer ! », crie leur mère, une grande femme blonde aux yeux verts dans un jean et un caban noir, sur le pas de la porte de l'appartement opposé à celui de Nourine. La mère des enfants s'avance un peu en jetant un œil vers l'entrée de son logement. Nourine dépose des baisers sur les joues de Nawal et de Charlie.

« Tu es belle, Nourine ! clament-ils à l'unisson.

— Oh, merci les enfants ! »

Eux au moins le remarquent, songe Nourine.

« Tu as vu un homme ? demande Nawal, l'aînée, huit ans, avec un sourire édenté.

— NAWAL ! » gronde sa mère.

Nourine éclate de rire.

« Oui, ma chérie, avoue-t-elle finalement. Ne t'inquiète pas, Miranda, sourit-elle à leur mère qui presse le bouton de l'ascenseur avant de s'avancer pour embrasser Nourine.

— Les enfants, allez dire à votre père de se dépêcher un peu. »

Les petits courent en se bousculant dans le couloir, ce qui amuse Nourine, mais exaspère leur mère.

« Tu avais un rendez-vous aujourd'hui ?

— Oui.

— Visiblement, ça ne s'est pas très bien passé, commente Miranda en regardant les paquets autour de Nourine.

— Non, pas vraiment, c'était… très court, le café fumait encore quand il est parti.

— Aïe, je suis désolée, Nourine, grimace Miranda.

— Oh ! C'est rien… déclare laconiquement Nourine, balayant le sujet d'un revers de main.

— Au fait, tu as des nouvelles de M. Sénéchal ? reprend Miranda. Je ne le vois plus depuis quelque temps. »

Nourine entend encore ce tintement. « *Quoique… Alexeï dirait que je rentre trop tard pour le croiser.* » Elle fixe sa voisine avec de grands yeux.

« Ça va, Nourine ? demande Miranda, intriguée.

— Oui… oui, pardon… Ali et Lionel m'ont dit qu'il n'allait pas très bien. Ils ont croisé sa fille, et apparemment, il est très fatigué.

— Je suis là ! », crie soudain Alexeï, le mari de Miranda, un homme grand et fin, blond aux yeux bleus, les cheveux courts, un plateau recouvert d'une cloche en verre sur une main. « Oh ! bonjour, Nourine, bisous de loin ! lance-t-il en fermant la porte de l'appartement à clé.

— Bonjour, Alexeï.

— Elle a vu un homme ! crie Charlie en s'agrippant au caban bleu de son père.

— Oooh ! réagit Alexeï, amusé. Désolé, Nourine, mais ta vie privée ne peut pas rester privée avec ces deux-là. »

Nourine se contente de sourire, pendant que Miranda rejoint son mari et ses enfants qui retiennent la porte de l'ascenseur.

« Au revoir, Nourine, on va voir papi Nikos ! crie Nawal.

— À bientôt, les enfants, amusez-vous bien ! », répond Nourine tandis que les quatre s'engouffrent dans la cabine.

Nourine tourne la clé dans la serrure. Une fois la porte refermée, elle dépose pêle-mêle ses paquets et se laisse tomber sur l'un des fauteuils de l'entrée de son appartement lumineux de la banlieue sud de Gefflait. Un trois-pièces cosy de style contemporain aux couleurs bleu et vert pastel. Elle admire comme chaque fois les calligraphies de versets du Coran qui habillent les murs de l'entrée. Elle souffle longuement. Elle a l'impression d'avoir entendu la pensée de Miranda au sujet de son mari. *Qu'est ce que ça signifie ? C'était bizarre !* Elle expire de nouveau et songe maintenant à son voisin du dessus, M. Sénéchal. Un journaliste à la retraite, qui vit seul depuis quelques années. Divorcé, il ne s'est jamais remarié. Ses enfants lui rendent visite de temps en temps. Nourine perçoit de nouveau un son de clochette. « *Pourquoi tu ne rappelles pas, ma fille ? Pourquoi ?* » Elle est certaine que c'était dans sa tête, cependant, elle est sûre de ne pas avoir pensé une telle chose, et ce n'était pas sa voix. *C'est très étrange, j'ai l'impression que c'était M. Sénéchal.*

J'aurais imité sa voix dans ma tête ? Nourine laisse échapper un petit rire à cette idée. « Tu n'es pas folle, Nourine, ça va aller », se rassure-t-elle à haute voix.

Elle troque ses escarpins contre des pantoufles de velours, puis reprend son sac. Elle en sort son téléphone, elle voit six appels manqués de sa mère, un appel et un message de sa collègue et amie Caroline, et des messages de deux autres amies. Elle décide de commencer par rappeler sa mère. Elle s'apprête à actionner le bouton de l'appel vidéo, hésite, et jette un œil à ses sacs de shopping toujours sur le sol. La jeune femme ne souhaite pas que sa mère les voie : elle sait pertinemment qu'elle lui fera remarquer, à juste titre, que l'échec de son rendez-vous la touche plus qu'elle ne veut le laisser paraître. Trop épuisée pour se traîner jusqu'au séjour ou son bureau, juste en face d'elle à côté de sa chambre, elle pousse de son pied les sacs qui pourraient apparaître par mégarde sur l'écran. Elle prend une grande inspiration et tape sur le bouton pour l'appel vidéo. Elle jette un nouveau regard à ses sacs de shopping, et s'empresse d'annuler l'appel : « Non, non, un appel classique, c'est mieux. »

Chapitre 3

« *Oummi*, s'exclame Nourine, vraiment, je ne sais pas pourquoi il est parti au bout de dix minutes seulement.
— Ce n'est pas sérieux de sa part ! Qu'en a pensé Caroline ? demande Rose-Amina, la mère de Nourine.
— Je ne l'ai pas encore eue au téléphone.
— Ah bon ?
— Oui, j'ai fait un peu de shopping en sortant du café, laisse échapper Nourine.
— *Binti* Nouuur ! Tu ne peux pas faire les magasins chaque fois qu'un rendez-vous se passe mal… Tu vas finir à découvert, et puis tu ne gagnes pas assez.
— Ah ! merci, *Oummi*, vraiment, merci, s'agace Nourine. *Oummi*, s'il te plaît, cesse tes allusions à mon salaire, je reste professeure au lycée, ça me convient parfaitement. »

Pendant que sa mère éclaircit sa voix, une clochette tinte dans la tête de Nourine, puis elle entend : « *Professeure d'université, c'est moins prestigieux que professeure de lycée, mais on gagne trois fois plus.* »

« Non, *Oummi*, réplique-t-elle, exaspérée, les salaires ont augmenté depuis la dernière fois que tu as enseigné au lycée.

— *Binti* Nour, je n'ai pas parlé de hausse ou de baisse de salaire », proteste sa mère, perceptiblement embarrassée.

Nourine reste sans voix un instant, avant de répondre :

« Tu m'as dit que vous gagniez trois fois plus à l'université.

— Je l'ai pensé, oui… mais je n'ai rien dit », bredouille sa mère, confuse.

Professeure de littérature arabe dans une prestigieuse université, Rose-Amina espère toujours voir sa fille poursuivre sa carrière à la faculté, comme elle au même âge.

« D'accord, *Oummi*, tempère Nourine, j'ai juste anticipé tes propos, tu dois bien avouer qu'ils ne changent pas souvent sur ce sujet…

— Tu exagères.

— Bon, *Oummi*, je viens de rentrer, alors je te rappelle dans la semaine, tu veux bien ?

— Viens plutôt nous voir, Nourine, ton père te réclame, ça fait longtemps.

— Mais on s'est vus dans la semaine, *Oummi* !

— Un appel vidéo, Nourine… C'était un appel vidéo ! Nourine Michelle Shafik, venez nous voir à la maison. »

La jeune femme a l'impression de redevenir petite fille chaque fois que sa mère décline son patronyme complet, elle sait alors qu'elle doit capituler.

« D'accord, MAMAN, je passerai bientôt », lâche-t-elle, certaine de faire savoir à son interlocutrice sa contrariété en ne l'appelant pas *Oummi*.

Après avoir dit au revoir à sa mère, Nourine pose son regard sur le piano à l'entrée du séjour et esquisse un léger sourire nostalgique. Elle n'a plus joué depuis longtemps. Elle soupire. Elle regarde alors ses paquets pêle-mêle devant la porte d'entrée. Elle doit bien reconnaître que ce rendez-vous raté l'a affectée plus qu'elle ne le laisse paraître.

À peine a-t-elle fini d'enfiler son pantalon de soie d'intérieur que son téléphone vibre de nouveau. Nourine se précipite à l'entrée où elle a laissé son sac à main. Elle en sort son téléphone qui vibre toujours : un appel vidéo de son amie Caroline. Nourine ajuste son long gilet angora sur son caraco de soie blanche, avant de faire glisser son doigt sur l'écran. Le visage rond et avenant de Caroline apparaît, avec ses cheveux bouclés châtains sur les épaules. Ses yeux bleus en amande brillent, elle sourit de toutes ses dents, mais Nourine devine le stress de son amie derrière ce sourire.

« Coucou ! commence-t-elle en se dirigeant vers la cuisine.

— Coucou ! Nourine, je n'ai que cinq minutes, Ivan est allé chercher sa mère à la gare, il ne va pas tarder, dit Caroline en jetant un œil par-dessus son épaule.

— Oh là là, tu es stressée… comme à chaque fois que tu reçois ta belle-mère ! Ça fait quand même six… sept ans que t'es mariée à son fils. »

Son amie professeure de philosophie rit nerveusement. Nourine attrape une bouilloire, la remplit d'une main et la dépose sur la cuisinière électrique, laissant son amie languit d'impatience.

« Je vais te raconter, ne t'inquiète pas, l'histoire ne dure que quelques secondes », ironise-t-elle.

Nourine s'appuie contre le plan de travail à côté de la cuisinière :

« Alors, je raconte. Il est arrivé… avec dix bonnes minutes de retard, on a commandé des cafés. On a eu le temps de dire d'où on arrivait, le serveur a posé les cafés sur la table, je lui ai raconté comment je connais ton frère, Mourad, il m'a confié que c'était son premier rendez-vous de ce style… Il a spécifié : "Ça s'est toujours fait naturellement pour moi." »

Nourine lève les yeux au ciel, tandis que Caroline reste concentrée, regardant par-dessus son épaule de temps en temps.

« Ensuite, il a reçu un appel… IMPORTANT, a-t-il jugé bon de préciser. Pff !

— NOOON ! s'exclame Caroline, les yeux grands ouverts.

— Si, si, Caroline, tu as bien entendu.

— Il n'a pas fait ÇA ?

— Eh si ! Il a fait ça. »

La jeune femme ôte la bouilloire de la plaque électrique.

« Oh, Nourine, je suis vraiment désolée », commente Caroline, visiblement navrée.

Nourine regarde sa tasse contenant un sachet de thé et y verse l'eau chaude. Un tintement, puis : « *Je pensais vraiment que c'était quelqu'un de bien, avec au minimum de bonnes manières.* »

« Oui, moi aussi je le pensais », dit Nourine en déposant sa tasse sur la table de la cuisine. Elle s'assoit.

« Moi aussi… ? interroge Caroline. Moi aussi ? Tu pensais quoi ?

— Moi aussi, je pensais qu'il avait de bonnes manières.

— Ah oui ? »

Caroline fronce les sourcils.

« Pourquoi as-tu l'air surprise, c'est ce que tu as dit, non ?

— Euh, je l'ai pensé… c'est vrai ! Je n'imaginais pas l'avoir dit à haute voix, s'étonne Caroline en guettant à nouveau par-dessus son épaule.

— Oui, tu l'as dit à haute voix, je l'ai entendu.

— C'est bizarre, je suis sûre de l'avoir seulement pensé… »

Elle s'interrompt et se retourne un instant.

« Nourine, je dois te laisser, j'entends les clés dans la serrure.

— Très bien, on se parle demain au lycée. »

À ces mots, Caroline pouffe de rire.

« Quand tu dis ça, j'ai l'impression d'avoir quinze ans.

— On se voit au boulot, si tu préfères, sourit Nourine.

— Bisous, Nour ! »

Sourire aux lèvres, la jeune femme dépose son téléphone. Caroline, bientôt trente-sept ans, son amie depuis cinq ans, l'amuse toujours autant. Nourine, professeure d'éducation civique, a sympathisé avec Caroline la philosophe dès son arrivée au lycée Merlo dans le sud de Gefflait. Leur expérience commune dans l'ancien lycée où a travaillé Nourine y était pour quelque chose. Caroline y avait aussi enseigné une année avant d'arriver à Merlo, un lycée plus petit qui lui convenait mieux.

Nourine boit son thé et repense aux coïncidences de son après-midi. *J'ai bien deviné des pensées aujourd'hui*, réfléchit-elle. Elle en est persuadée, ce ne sont que des coïncidences. Pourtant, elle doit bien admettre qu'elle a entendu les voix de sa mère et de Caroline. *Je suis sûre qu'elles ont parlé à haute voix, sinon, qu'est-ce que ça voudrait dire ? Que j'entends des voix ?* Cette idée l'inquiète, alors, elle la chasse rapidement de son esprit. « Je ne perds pas la tête… tout va bien ! »

Chapitre 4

Lundi 2 mars

Devant son grand miroir dans sa vaste chambre, Nourine s'admire dans son tailleur-pantacourt bleu. Elle se trouve très bien, son chemisier blanc fait ressortir son joli teint marron. Elle relève ses cheveux bouclés, fait une moue, puis les laisse tomber sur les épaules. La jeune femme se déplace pour ouvrir les fenêtres, elle inspire profondément l'air frais qui pénètre dans la pièce avec les premiers rayons du soleil. Elle aime cet éclairage ensoleillé qui rend sa chambre aux tons vert et blanc encore plus apaisante. Elle replace les coussins sur le grand lit à la couverture vert et or. Elle jette un regard à l'extrémité de la pièce, son tapis de prière, son coran et ses divers livres de supplications sont bien rangés. Quelques bougies aux couleurs de la pièce sont posées à même le sol à côté de ses livres.

Nourine traverse le couloir d'entrée, en direction de la cuisine, elle entend les voix de Charlie et de Nawal disant au revoir à leur mère. La jeune femme lève les yeux spontanément vers la pendule au-dessus de la porte. Elle indique sept heures et quinze minutes. *Elle part plus tôt que d'habitude*, remarque-t-elle. L'année précédente, les deux femmes quittaient souvent leur appartement à la même heure. Elles avançaient ensemble jusqu'à la gare, à moins de dix minutes, et s'échangeaient les nouvelles. Nourine évoquait ses cours de professeure d'éducation civique et Miranda lui expliquait les dernières péripéties du lancement de son agence de décoratrice d'intérieur. Elles se tenaient ainsi compagnie au gré des saisons et de l'emploi du temps de Nourine. En automne-hiver, le soleil toujours couché, les deux femmes chuchotaient presque, comme les autres passants sur le chemin avec elles. Seules des voitures au loin pouvaient être entendues. Avec l'arrivée du printemps, les deux femmes s'extasiaient devant les premières floraisons tout le long de l'allée menant à la gare. Les travailleurs à vélo n'hésitaient plus à rouler rapidement sur leur piste cyclable. Mais tout cela se déroulait avant que Miranda ne cesse de faire le trajet avec Nourine.

Depuis l'hiver, Nourine fait la route seule. Elle entend parfois sa voisine partir, de plus en plus tôt comme ce matin-là. Nourine sursaute, la porte des voisins vient de se fermer lourdement, elle soupire en secouant la tête : *Encore Charlie qui a voulu fermer la porte*, s'amuse-t-elle en ouvrant sa boîte de céréales. Un bourdonnement monte à ses oreilles, puis : « *Elle va encore me dire qu'elle va rentrer tôt !* » Nourine arrête de verser les céréales. Immobile, elle tend l'oreille. *Ça ne peut pas venir de chez les voisins, je les entends à peine quand ils haussent la voix.* Elle patiente un petit instant, mais n'entend rien d'autre. Elle continue de se servir son petit déjeuner.

En mangeant, elle se demande si ce n'est pas Alexeï qui a crié cela. Seulement, elle est certaine de l'avoir entendu *dans sa tête*. Néanmoins, elle est surprise : ce n'était pas sa voix à elle, mais celle d'Alexeï. « Je l'ai peut-être pensé, tente-t-elle de se convaincre à voix haute. Après tout, c'est ce qu'Alexeï aurait pu dire. » Un peu avant que Nourine ne cesse de croiser Miranda, celle-ci lui avait confié craindre la lassitude de son mari de la voir rentrer tard et de devoir s'occuper seul des enfants jusqu'à l'heure du coucher. Miranda lui promettait sans cesse de revenir plus tôt, ce qu'elle ne réussissait pas toujours à accomplir. Alexeï, développeur informatique, travaille depuis leur appartement. Il accompagne chaque matin les enfants à l'école et va les chercher en fin de journée une fois par semaine. Les autres jours, Laura, étudiante, une voisine d'un étage plus haut, se charge d'eux jusqu'à dix-huit heures, heure à laquelle elle les ramène chez eux.

Une fois encore, Nourine s'en convainc : « C'était le cri d'Alexeï. C'était forcément lui ! Je n'entends pas de voix ! »

Sac à dos sur son pardessus en laine, un petit sac à main sur une épaule, écharpe autour du cou, Nourine est fin prête pour affronter le froid matinal. Avant de franchir la porte, la jeune femme jette un œil rapide à l'appartement. Le piano retient son attention un instant, un nœud à l'estomac l'empêche soudain de respirer normalement. Elle expire lentement et ferme la porte derrière elle.

À huit heures, Nourine sait qu'elle peut encore éviter les embouteillages de l'ascenseur. À cinq minutes près, les deux appareils font escale à chaque étage pour embarquer les habitants qui se rendent eux aussi au travail, ou à l'université, ce qui la contraint à dévaler les escaliers pour ne pas rater son train.

Le vent très frisquet la surprend, malgré ses précautions. Elle regrette d'avoir choisi ses derbies verts au lieu de bottines. Elle noue son écharpe blanche et rejoint les quelques personnes dans l'allée conduisant à la gare Léa. Elle écoute le chant des oiseaux. Comme elle et Miranda il y a quelques mois, des badauds parlent encore à voix basse à leurs compagnons de route. D'autres ont des oreillettes vissées dans leurs oreilles. Elle sourit en les voyant. Elle aurait agi de la même manière six mois auparavant, avant d'adhérer à une association de marche silencieuse. Elle avait vu l'annonce sur un prospectus par hasard sur un banc à la gare. Le concept de marche silencieuse l'avait intriguée, puis amusée. Le prospectus informait que chacun était libre, pour une modique somme, de rejoindre un groupe de marche en silence dans les rues de Gefflait pendant une heure et quinze minutes, suivie d'une boisson chaude au local proche du jardin d'hiver du parc Rodrigue. Nourine s'était interrogée sur l'intérêt d'un tel exercice. Elle en avait discuté avec son voisin du dessus, M. Sénéchal, croisé à l'entrée de l'immeuble lorsqu'il sortait encore régulièrement.

Il l'avait convaincue d'essayer, ce qu'elle avait fait. Et depuis, chaque mois, elle se rend à cette marche. Une marche, puis un rafraîchissement et des conversations avec les participants sur leurs ressentis et leurs réactions à la surprise des passants lorsqu'ils voyaient un large groupe déambulant silencieusement. Désormais, Nourine laisse ses écouteurs dans son sac, elle aime observer ce qui l'entoure, écouter les différents sons de la rue, le claquement des talons hauts ou ceux des talons blocs de certains mocassins masculins. Rares sont les adolescents et les enfants à cette heure-ci : ils se rendent tous dans les écoles du quartier. Ils sortent vingt minutes plus tard, excepté les enfants en garde partagée, repérables : ils prennent de l'avance pour rejoindre leur établissement pas toujours situé à l'abord du nouveau logement d'un de leurs parents.

Nourine, après une brève observation de la rue, passe en revue dans sa tête le premier cours à donner aux troisièmes A. Une classe plutôt agréable, chacun des élèves montre un intérêt sincère pour la matière. La gare Léa en vue avec son grand hall et ses dizaines de portiques d'entrée, Nourine sort sa carte magnétique. Elle franchit le hall, un bruit sourd dans sa tête la surprend. Prise d'un tournis, elle s'arrête un moment. Des voix féminines et masculines s'entremêlent, tandis que des voyageurs s'excusent lorsqu'ils la bousculent : « *Je vais être en retard* » ; « *Ah, je suis en avance, pff !* » ; « *Regarde celle-là, avec ses talons !* » ; « *C'est pas possible, Jean-Gérard est là* » ; « *Oh ! le joli blouson* » ; « *J'ai fermé le gaz ou pas ?* » Les voix se taisent soudainement. Abasourdie, Nourine regarde autour d'elle, le ballet des voyageurs n'a pas cessé, le seul bruit audible est celui des cartes magnétiques validant les tickets d'entrée. Elle remarque seulement que des personnes se retournent brièvement, avec des regards noirs ou interrogateurs à son intention. Elle gêne le passage.

Déconcertée, elle reprend sa route vers les portiques. *Mon Dieu, c'était quoi, ça ? Qu'est-ce qui m'arrive ?* Elle monte fébrilement les quelques marches menant au quai. Il lui semble plus rempli que d'habitude à cette heure-là. Elle lève alors la tête vers l'écran d'affichage, comme toutes les personnes sur ce quai. Le train précédent est en retard, son entrée en gare est prévue dans cinq minutes. *Ça va !* pense la jeune femme, *je suis toujours dans les temps.*

Nourine reste anxieuse, la rafale de voix entendues plus tôt ne la rassure pas. Elle est certaine d'avoir perçu des voix différentes, pourtant, tout était calme autour d'elle. Elle se demande si elle va bien, si elle ne devient pas folle, finalement. À cet instant, elle aimerait écouter un peu de musique. Elle a l'idée de prendre ses écouteurs dans son sac. Elle cherche, ouvre nerveusement chaque pochette de son petit sac à main. Elle réfléchit un instant, puis revérifie chaque recoin du sac. Elle souffle de dépit. Ils ne sont pas là. Elle fouille dans sa mémoire, elle se refait le film depuis son réveil et se revoit déposer les écouteurs sur la table. *Oh ! j'ai oublié de les remettre quand j'ai changé de sac, pff...* se lamente-t-elle. *Ça m'aurait bien aidée d'entendre un peu de musique.* Une voix féminine au micro résonne sur le quai :

« Mesdames et messieurs, contrairement à ce qui est affiché à l'écran, le prochain train pour Gefflait entrera en gare dans neuf minutes. »

La tête de la jeune femme carillonne alors, puis c'est une pluie de jurons, des jurons qu'elle-même ne prononce jamais. Le visage déformé par l'inquiétude, Nourine se tient la tête d'une main. À ce moment précis, elle aimerait tant ne pas avoir oublié ses écouteurs pour étouffer ces bruits avec de la musique ! Un homme blond au manteau camel la dévisage. Il se dirige lentement vers elle. *Oh non, pas lui !* s'énerve Nourine. L'homme ralentit, puis s'arrête. Elle sent alors une pression sur son épaule. Elle tourne la tête, effrayée, et voit une main posée sur elle.

« Ça va Nourine ? »

La jeune femme reconnaît Ali, son voisin de palier, il fronce les sourcils, l'air inquiet.

« Oh, Ali ! s'écrie-t-elle, soulagée. Oui, ça va, j'ai entendu un brouhaha énorme, tout le monde parlait en même temps, c'était… »

Elle s'interrompt en voyant la mine intriguée d'Ali. Elle regarde autour d'elle, un calme olympien règne sur le quai. Des voyageurs regardent leur téléphone portable, certains tapent des messages frénétiquement, d'autres font les cent pas sur le quai, l'homme au manteau camel a reculé. Nourine constate que règne le silence habituel sur ce quai, avec ses voyageurs nerveux.

Elle regarde Ali qui la considère. Ali est un jeune homme de son âge, de taille moyenne, d'une petite corpulence. Il porte un blouson de cuir fourré, un jean bleu foncé bien coupé, des tennis couture et un sac en bandoulière. Il passe sa main dans ses cheveux frisés coupés court :

« Tu es sûre que ça va, ma douce ? Tu as l'air perdue.

— Oui… Oui, c'est juste… que…

— Que… ?

— J'ai cru entendre un vacarme pas possible, tout le monde pousser des jurons.

— Des jurons ? Sur le quai ? s'esclaffe Ali. En Izzedine ? Le pays de la politesse ? On n'est pas à Paris, ma douce, ricane-t-il.

— C'est très bizarre », admet-elle en riant nerveusement.

Nourine secoue la tête et prête maintenant plus d'attention à la présence d'Ali.

« Je ne te vois jamais le matin, qu'est-ce que tu fais là ?

— À part te secourir ? plaisante le jeune homme. J'ai une réunion du staff, ce matin. »

Ali est concepteur de sites. Comme Alexeï, il travaille de chez lui et se déplace de temps en temps pour voir ses clients, localisés principalement dans le centre de Gefflait.

« Nourine, ne te retourne pas, mais il y a un homme d'une quarantaine d'années dans un superbe manteau camel qui t'observe, et je ne pense pas qu'il imagine ta folie d'entendre des voix. Il te dévisage pour autre chose, si tu vois ce que je veux dire.

— Ah, je vois, commente sèchement Nourine.

— Bon, il a l'air d'avoir bien dix ans de plus que toi, mais Lionel est plus âgé que moi, alors…

— Oh, non ! Je ne suis pas intéressée. Je crois qu'il voulait me parler, mais heureusement, tu es arrivé. Je l'ai déjà remarqué les autres jours.

— Heureusement ? Les autres jours ? Hum ! Ma chère Nourine, tu es… »

Ali ne poursuit pas, le train entre en gare. Ils s'avancent pour faire la queue derrière l'une des croix blanches marquées sur le sol. Ali scrute en vitesse l'homme qui croit observer discrètement Nourine. La jeune femme porte son attention sur les passagers qui descendent du train. En montant dans le wagon, elle entend, après le drelin d'une clochette : « *Oh ! mais il a une alliance, ce gars.* » Nourine réagit à la remarque tout en cherchant des sièges.

« Mais oui, Ali, il est marié, pourquoi penses-tu que je n'entre pas dans son jeu ? »

Comme elle n'entend pas la réponse d'Ali, elle se retourne vers lui et relève son air surpris.

« Nourine, je n'avais encore rien dit !

— Si ! Tu m'as fait la remarque… sur son alliance, poursuit-elle à voix basse en s'installant sur un siège près de la fenêtre.

— Oui, confirme Ali en chuchotant presque, prenant place à côté de Nourine en face d'un couple d'une soixantaine d'années qui les salue de la tête, mais je l'ai *pensé.* »

Nourine paraît surprise, et rapproche son visage de son voisin pour plus de discrétion :

« Pourtant, c'est bien ta voix que j'ai entendue… Enfin, je crois… »

Elle fronce les sourcils, la femme en face d'elle lève un instant le nez de son livre.

« C'est drôle, continue-t-elle, ce week-end, on m'a fait la même remarque à deux reprises.

— Tu lis dans les pensées, ma douce ? ironise Ali en donnant un coup de coude à Nourine. Ça serait pas mal, non ? »

Nourine sourit et aperçoit le regard fermé de la femme aux cheveux argent en face d'elle. Le regard de l'aînée croise le sien puis elle baisse les yeux aussitôt vers son livre.

Elle doit croire elle aussi que je lis dans les pensées, se dit Nourine. *Et si c'était vrai ?* se dit-elle pendant qu'Ali répond à un message sur son téléphone. *Ce serait pas mal. Au moins, ça voudrait dire que je ne perds pas la tête… Mais je ne veux pas finir comme tante Rose-Dalia !* Nourine se met tout de même à réfléchir à ce que serait la vie si elle pouvait effectivement lire dans les pensées. Elle sourit doucement à cette idée.

Chapitre 5

Nourine se fraye un chemin dans le large couloir du premier étage de l'établissement. Le corridor a beau s'étendre en largeur, les élèves dans leur uniforme bleu et gris occupent tout l'espace. Comme sur une autoroute, une voie rapide sur le côté existe, à la différence que seuls les professeurs et autres personnels du lycée l'empruntent. Une fois sur cette voie, Nourine s'élance d'un pas rapide, elle craint d'entendre encore des cloches et des voix. Néanmoins, elle prend le temps de répondre aux sourires des élèves et aux différentes interjections : « Bonjour, madame Shafik ! » ; « Oh, madame Shafik, bonjour ! » ; « Ouah, il est beau vot' tailleur, madame Shafik ! » ; « À tout à l'heure, madame Shafik ! » ; « On a toujours contrôle, madame ? » Nourine ouvre une porte et la referme derrière elle. Le silence.

Elle inspire profondément, elle se trouve dans la salle des professeurs. Quelques-uns consultent leur téléphone portable sur des fauteuils jaunes confortables, d'autres discutent à voix basse à l'autre bout de la pièce dans le coin salon, avec ses canapés crème en tissu. La plupart des professeurs présents ce matin sont réunis au centre de la pièce, autour de l'îlot de cuisine tout équipé avec à disposition boissons chaudes, encas énergétiques et fruits frais. Ils boivent et grignotent en silence. Nourine les rejoint.

« Bonjour à tous ceux que je n'ai pas vus, lance-t-elle avec le dynamisme que ses collègues lui connaissent.

— Bonjour, Nourine, tu vas bien ? », s'exclament la majorité des professeurs.

Seul Philippe Garcia, enseignant de mathématiques, un homme de taille moyenne, une épaisse chevelure noire, le regard sévère et son éternelle veste en cuir noir, se contente d'un hochement de tête, sans feindre le moindre sourire. Nourine ne l'apprécie pas beaucoup. Elle n'a guère échangé plus de vingt mots avec lui en cinq ans dans l'établissement. Philippe Garcia, professeur de terminale, ne partage aucune classe avec Nourine : elle enseigne les élèves de la troisième à la première. La jeune femme se sert un chocolat chaud et des fruits secs, pendant que Caroline entre dans la pièce accompagnée de Kobène, l'autre professeur de philosophie, un homme grand, sûr de lui, à l'allure chic – avec un pull de cashmere sobre sur une chemise – mais décontractée. Les mains enfoncées dans les poches de son pantalon de toile, il porte une besace de cuir marron sur une épaule. Il est séduisant, et les femmes ne sont pas insensibles à son charme. Les célibataires du lycée le convoitent, tandis qu'il est le chouchou de celles déjà en couple. Les collègues masculins, bien que conscients de l'attrait qu'il exerce auprès de la gent féminine, le trouvent trop sympathique et trop modeste pour voir en lui un rival.

« Coucou, tout le monde ! », claironne Caroline avec un grand sourire.

Nourine perçoit une mélancolie dissimulée derrière ce sourire, elle trouve son amie moins enjouée qu'à son habitude. Caroline, dans une robe à col chemise rouge qui lui descend aux genoux, arrive droit sur elle. Kobène les rejoint tout de suite après s'être versé un café noir.

« Alors, Nourine ? commence-t-il de sa voix rauque.

— Oui, Kobène, réplique Nourine avec une fausse impatience, tandis qu'il dégage de son visage sa chevelure châtain mi-longue, révélant ses yeux clairs.

— Il paraît que ton rencard t'a plantée au bout de dix minutes ? »

Des regards se posent sur Nourine. La jeune femme, gênée, jette des éclairs à Caroline qui aimerait se faire toute petite devant le biscuit énergétique qu'elle vient de se servir.

« Tout va bien ! lance Nourine. Tout va bien ! insiste-t-elle en voyant le regard interrogateur de Kobène. Je saurai peut-être le fin mot de l'histoire une fois que le FRERE de Caroline lui aura parlé. N'est-ce pas, Caroline ?

— Alors, c'est Caroline qui joue les marieuses ? », lance une voix à l'autre bout de la table de l'îlot.

C'est Franck Challao, le professeur de religions. Un homme noir, la quarantaine, aux cheveux crépus coupés court. Il porte une moustache et l'un de ses costumes trois-pièces assortis d'une cravate colorée faisant ressortir ses dents blanches.

« Oui, c'est elle », sourit maintenant Nourine.

Contrairement à Philippe Garcia, Nourine apprécie beaucoup Franck Challao. Leur point commun : la religion, que Nourine a étudiée deux ans à l'université. Ils ont régulièrement de longues discussions théologiques et sociétales, comparant leur religion respective. Franck est de confession juive. Caroline et Kobène se joignent souvent à leur conversation, offrant leur perspective de philosophes.

« Je plaide coupable, dit Caroline en levant la main, retrouvant l'espace d'un instant son côté pétillant. Je veux le meilleur pour mon amie, même si… »

Elle grimace.

« Tu aurais dit que tu voulais mon bonheur, je t'aurais contredite, ma chère Caroline Barak, réplique Nourine, enjouée.

— Oui, je sais… tu connais déjà le bonheur.

— Exactement », sourit Nourine en levant sa tasse de chocolat à moitié vide.

S'ensuit une conversation sur la définition du bonheur, chacun des professeurs autour de l'îlot donnant son interprétation. La salle des professeurs se transforme rapidement en un joyeux capharnaüm. Tout le monde semble s'amuser, excepté Philippe Garcia. Il ne quitte pas sa mine sévère, et se contente de hocher la tête et de grignoter. Nourine le regarde furtivement ; elle aimerait bien connaître la définition du bonheur pour un homme toujours renfrogné. Un léger tintement l'alerte, avant qu'elle ne saisisse : « *Qu'est-ce qu'elle a, celle-là, hum… Une balade avec un chien.* » Surprise, Nourine répète à haute voix les derniers mots entendus :

« Une balade avec un chien !

— Ah ! s'écrie soudain Philippe, ça, c'est mon bonheur !

— T'as un chien, Philippe ? », demande Kobène, étonné.

Le silence se fait subitement dans la pièce, les regards posés sur le professeur de mathématiques, une tasse de café vide à la main.

« J'AVAIS un chien », corrige-t-il.

Nourine a l'air aussi stupéfaite que les autres. Kobène travaille dans ce lycée depuis plus longtemps qu'elle et il ne savait pas que Philippe avait eu un chien. Drelin-drelin dans sa tête, et : « *C'est bizarre ! Les chiens, ça rend aimable* », comprend-elle.

« Oui, c'est vrai ça ! », lance-t-elle à voix haute.

Les enseignants autour de l'îlot se taisent de nouveau et interrogent Nourine du regard. Ils attendent une suite.

« Pourquoi vous me regardez comme ça ? demande la jeune femme, confuse devant ces paires d'yeux interrogateurs posés sur elle.

— Tu as commencé à nous dire quelque chose, dit Caroline, "c'est vrai ça"… quoi ? Qu'est-ce qui est vrai ?

— Continue, poursuit Franck en caressant sa moustache, continue, dis-nous. »

Nourine craint d'avoir aussi entendu cette dernière remarque dans sa tête. Confuse, elle balbutie :

« Quelqu'un… quelqu'un a dit… "Un chien, ça rend aimable !" Alors… »

Des professeurs gloussent, un éclat de rire leur parvient du fond de la pièce. C'est le rire grave de Malika, l'autre professeure de mathématiques, la doyenne des professeurs. Une femme ronde aux cheveux longs grisonnants, un tailleur strict gris. Elle se dirige lentement, d'un pas lourd, vers la porte de sortie proche de l'îlot, en ricanant.

« Nourine, dit-elle en reprenant son souffle, tu lis dans mes pensées, ma parole. Excuse-moi, Philippe ! », rit-elle encore.

L'enseignant lève les yeux au ciel, puis secoue la tête en voyant ses collègues étouffer leur fou rire derrière leurs tasses dorénavant vides. Seule Nourine sourit légèrement, encore sous le choc de la révélation de Malika. Caroline remarque son air surpris. Elle pose une main sur l'épaule de son amie, tandis qu'une première sonnerie retentit.

« Tout va bien, Nourine ? Tu as l'air perdue, d'un coup.

— C'est la phrase du jour, marmonne-t-elle, avant de répondre clairement : Oui, ça va.

— Sûre ? insiste Caroline.

— Oui, j'ai été un peu surprise, crie presque Nourine, dont la voix est à moitié couverte par le bruit incessant du lave-vaisselle qui s'ouvre et se referme.

— Surprise ? Surprise par quoi ? Le chien ? ironise Caroline.

— Nooon… rit Nourine. On en parlera plus tard. »

Les deux jeunes femmes se mêlent aux autres, elles nettoient rapidement l'îlot et se précipitent hors de la salle avant le retentissement de la deuxième sonnerie annonçant la reprise des cours.

Sur le chemin de sa salle de classe, Nourine se demande encore ce qu'il lui arrive.

Chapitre 6

Caroline avale sa bouchée de salade, elle passe sa serviette sur ses lèvres avant de clarifier :

« Donc tu me dis que l'homme charmant *slash* l'homme marié du quai dont tu me parles depuis deux semaines a tenté une approche !

— Oh là là, Caroline ! Tu es impayable ! C'est tout ce que tu as retenu de ce que je viens de te confier ? rouspète Nourine avant de boire quelques gorgées d'eau.

— Excuse-moi, Nourine, mais je ne veux pas que tu laisses passer des occasions. Peut-être qu'il a quelqu'un à te présenter ? sourit-elle. Déjà que tu as refusé mon option Kobène Abram parce que c'est un collègue ! Et pourtant, c'est une option très solide : il croit en Dieu, et si j'ai bien compris, pour toi, ça compte ; lui aussi recherche une relation sérieuse ; il est vraiment célibataire… Point très important. »

Nourine lève les yeux au ciel.

« Ne lève pas les yeux au ciel, c'est un critère important.

— Je ne tiens pas à revivre l'humiliation, je me sens bien dans ce lycée, je voudrais y rester pour l'instant.

— Nouriiine ! » Caroline saisit la main de son amie : « Kobène n'est pas Aziz !

— Tu as raison, mais… » La jeune femme soupire en repensant à Aziz, ce professeur de physique de son ancien lycée. « Quoi qu'il en soit, j'ai déjà fait comprendre à Kobène, mine de rien, que je ne sortais pas avec des collègues…

— Ah, bah voilà pourquoi il n'a rien tenté avec toi ! Je trouvais ça bizarre, parce qu'il m'avait l'air intéressé par toi et il me semble être un homme assez entreprenant avec les femmes…

— Bon d'accord… mais parle moins fort… »

Les deux femmes se trouvent dans un modeste restaurant à quelques minutes en voiture du lycée. Le lundi, elles disposent toutes les deux de deux heures de pause pour le déjeuner, et elles s'autorisent un repas hors de Merlo. Ce restaurant très prisé en semaine par les cadres, hormis le lundi, sert les traditionnels plats izzediniens, un mélange de saveurs d'Orient et des pays nordiques. Beaucoup d'entreprises aux abords ont leurs employés en télétravail le lundi, ce qui laisse aux deux jeunes femmes le choix des places. Elles ont pris l'habitude de s'attabler près de la fenêtre.

« Bon, plus sérieusement, reprend Caroline, c'est très étrange. Ce ne sont peut-être que des coïncidences… tu ne crois pas ?

— Je ne sais pas, c'est possible. » Nourine pose ses couverts. « C'est très curieux parce que j'entends cette petite sonnette et ce que je perçois ne vient pas de moi… je ne le pense pas. En tout cas, le coup du chien, c'est certain ! »

Les deux femmes pouffent de rire.

« Sérieusement, répète Caroline, c'est bizarre et puis… »

Elle ne termine pas sa phrase, soudain songeuse. Nourine la considère. Elle attend qu'elle poursuive, mais son amie a de nouveau cet air triste que Nourine a remarqué depuis quelque temps. La jeune philosophe a les yeux rivés vers l'extérieur, un léger sourire aux lèvres. Nourine suit son regard et a juste le temps de voir s'éloigner un homme maniant une poussette.

« Ça va, toi ? demande-t-elle.

— Oui… oui », réagit Caroline, se forçant à sourire.

Nourine se souvient des deux premières années de sa rencontre avec Caroline. Elle lui racontait souvent son désir d'enfant, ce qu'elle ferait une fois maman. Elle réfléchissait à ses dates de congé éventuelles. « Après tout, j'ai choisi d'enseigner au lycée, dans un petit qui plus est pour plus de souplesse », répétait-elle. Puis elle avait cessé progressivement d'en parler. Nourine n'avait jamais osé relancer la conversation.

« On se commande un dessert ? lance-t-elle pour égayer Caroline.

— Bonne idée, s'enthousiasme soudain l'intéressée.

— Un noéa avec un coulis de chocolat ?

— Oh, mais c'est que tu lis dans mes pensées », plaisante la jeune professeure de philosophie en faisant signe à l'un des deux serveurs en chemise blanche et pantalon bleu.

Nourine glousse et s'immobilise : « *Ça ne se réalisera peut-être jamais.* » Elle se fige et observe son amie qui sourit à Adil, leur serveur favori, déjà à leur table. Nourine, les yeux grands ouverts, se tourne vers le jeune homme rasé de frais, les cheveux longs tirés dans un chignon, un téléphone en main, prêt à prendre la commande. Elle observe Caroline de nouveau souriante. *Cette pensée venait peut-être de lui ? Je n'ai pas reconnu la voix*, se rassure-t-elle. Mais au fond, elle n'y croit pas.

« Laissez-moi deviner, mesdames, ça sera un noéa avec un coulis de chocolat ?

— Oui, Adil ! Un peu de nouveauté », plaisante Caroline.

Le jeune homme rit, Nourine sourit mécaniquement et le regarde s'éloigner pour chercher leurs noéas.

« J'ai entendu quelque chose, dit enfin Nourine.

— Ah oui ? Là, maintenant ?

— Oui, quand Adil est arrivé, je crois.

— Alors, qu'a-t-il pensé ? demande Caroline, un brin inquiète.

— "Ça ne se réalisera peut-être jamais." »

Nourine remarque le visage défait de son amie. Adil revient rapidement et dépose les noéas devant les deux femmes. Caroline ne lève pas les yeux de son dessert. Nourine attend une réaction qui ne viendra pas.

« Ça sent très bon », dit enfin Caroline d'une voix mal assurée en humant le noéa, avant de plonger la fourchette dans le gâteau toujours sans lever les yeux.

Nourine la regarde porter une bouchée à ses lèvres. *C'est elle qui l'a pensé*, réalise-t-elle.

« Qu'en dis-tu alors, Caroline ? ose-t-elle.

— Que c'est divinement bon, comme d'habitude, annonce la philosophe en redressant enfin la tête, sans regarder Nourine. Alors dis-moi, comment va Ali ? »

Nourine sent son amie mal à l'aise. La professeure d'éducation civique joue le jeu, elle répond aux questions incessantes de la philosophe jusqu'au retour au lycée. *Elle me fait parler sans cesse*, comprend Nourine dans la voiture de Caroline sur le chemin du lycée. *Alors, j'entends bien les pensées*. Un frisson la parcourt. Tout d'un coup, cette perspective ne l'amuse plus.

Chapitre 7

Mardi 3 mars

Après le déjeuner, son sac à main sur l'épaule, Nourine emprunte la voie rapide du deuxième étage en direction de la salle de silence réservée aux professeurs. Elle en a presque atteint la porte quand un élève l'interpelle. Elle s'arrête, c'est Victor, un élève de première, il essaie d'obtenir le report d'un contrôle : il n'a pas suffisamment révisé. Nourine lui confirme le maintien du contrôle et repart. Dans la direction opposée, elle remarque Slimane, son élève de troisième, la tête basse, les bras ballants. Il avance nonchalamment. Elle s'apprête à lui dire bonjour, mais un autre élève de première surgit de la voie commune à sa hauteur, essayant de se déplacer aussi rapidement que la professeure ; il tente lui aussi d'obtenir le report du contrôle. Nourine, habituée à ce type de requête quelques heures seulement avant une interrogation, oppose un refus catégorique. Cette fois, elle ne prend pas le temps de s'arrêter et laisse l'élève déçu derrière elle, tandis qu'elle atteint enfin la salle de silence. Elle ouvre puis referme la porte une fois entrée. Le silence.

Des professeurs se trouvent déjà dans cette salle de taille moyenne aux murs beiges, avec des chaises longues éparpillées sur toute sa surface. Certains professeurs y sont allongés, les yeux clos. Elle aperçoit Kobène, allongé, les mains dans les poches, les pieds croisés. Elle s'étonne de le trouver là, elle l'y voit rarement. La jeune femme se dirige vers l'espace de méditation et de prière délimité par un large tapis d'Orient, caché derrière un grand paravent marron. Elle se déchausse et tire de son sac à main un foulard dont elle revêt sa tête, puis effectue les gestes rituels de la prière, celle de début d'après-midi, d'abord debout puis inclinée la tête au sol, l'ensemble constituant une unité de prière.

À la fin de ses quatre unités de prière, Nourine reste assise sur le tapis, elle repense à son début de journée. Depuis son déjeuner avec Caroline la veille, elle n'a capté aucune pensée. Néanmoins, Caroline l'a évitée dans la salle des professeurs le matin, ce qui l'a fortement contrariée. Elle ferme les yeux, récite à voix à peine audible des supplications en souhaitant ne plus entendre de pensées. Brusquement, elle perçoit, après un tintement : « *Un chien, c'est bien ! Je ne vois vraiment pas où est le problème !* » Encore un chien ? s'étonne-t-elle. Nourine lève la tête vers le plafond : *Mon Dieu, je priais pour que ça cesse !* Elle reste quelques minutes de plus sur le tapis avant de tout ranger, et une salve de ding-ding résonne dans sa tête : « *Je ne vois vraiment pas ce qui la tracasse !* » ; « *C'est dommage, il avait fait des progrès* » ; « *Oh ! j'ai encore oublié de le noter.* » Elle est troublée par cette horde de pensées aux voix féminines et masculines qu'elle n'identifie pas. « Eh bien, mon Dieu, quel sens de l'humour Vous avez… », susurre-t-elle entre ses dents. Elle soupire de dépit, reprend ses esprits et passe de l'autre côté du paravent.

Elle balaie rapidement la pièce du regard. Ses collègues semblent si paisibles et pourtant, elle est convaincue que ces pensées étaient les leurs. *Il ne manquerait plus que j'entende des choses trop intimes*, se plaint la jeune femme intérieurement. Elle s'avance vers la porte et aperçoit Philippe Garcia allongé sur l'une des chaises, bien en retrait avec sa veste de cuir sur le dos, les yeux ouverts, fixant le plafond. *Ah ! c'était sans doute lui, le chien !* Nourine sourit légèrement. *Il est humain finalement*, pense-t-elle. Elle pose la main sur la poignée de la porte, une clochette l'alerte de nouveau : « *C'est tellement triste, la vie, sans Léonor… Tellement triste…* » Nourine se retourne brusquement, et observe un à un ses collègues. Impossible pour elle de deviner qui pense cela : la pièce est si calme, avec des professeurs d'apparence si paisible. La jeune femme regrette de ne pas pouvoir distinguer la voix.

***

Cela fait maintenant une heure que Nourine passe en revue la liste de ses contacts sur son téléphone. Assise à son bureau chez elle, la jeune femme avait prévu de passer une partie du début de soirée à corriger des copies. Peine perdue. Ce qu'elle a perçu l'obsède, elle voudrait en parler à quelqu'un. Elle sait qu'Ali et Lionel sont au restaurant : elle a croisé Ali qui partait rejoindre son mari. Elle a pensé à ses copines de la mosquée, dont elle fait défiler les fiches de contact depuis quelques minutes, mais le souvenir de la gêne de Caroline la retient : elle ne voudrait pas qu'elles aussi changent de comportement à la suite de sa révélation. Après l'avoir soigneusement évitée dans la salle des professeurs le mardi matin, la philosophe n'a eu de cesse de faire parler Nourine, pendant la pause de l'après-midi, une anomalie pour une personne habituellement bavarde. « Arrête de me faire parler ainsi, Caroline ! avait protesté Nourine entre ses dents. Ne t'inquiète pas, je n'entends pas tes pensées, je ne lis pas les pensées, j'en ai peut-être entendu quelques-unes, mais c'est tout… enfin, je crois. » Elle avait aussitôt regretté sa dernière remarque en voyant la panique sur le visage de son amie, qui avait modifié sa stratégie : elle s'était mise à lui parler sans arrêt. *Sans doute pour m'empêcher de l'entendre penser*, avait songé Nourine. Ces tactiques ne lui déplaisent pas totalement : l'idée de capter toutes les pensées de son amie la révulse, tout de même. Cependant, elle s'interroge sur la signification de la pensée entendue dans le restaurant tandis que Caroline regardait l'homme disparaître avec la poussette. « *Ça ne se réalisera peut-être jamais.* » *Est-ce qu'elle ne peut pas avoir d'enfant ? A-t-elle une maladie ?*

« Si seulement tante Rose-Dalia vivait encore ! Elle, elle me comprendrait, au moins », réfléchit-elle à voix haute.

Avec son frère, Nikolas, ils avaient classé leur grand-tante Rose-Dalia dans la catégorie des originales de la famille. Dans leur bouche, son prénom s'était transformé en une expression presque péjorative : « Attention... tu vas finir comme Rose-Dalia ! » Elle leur semblait toujours ailleurs, souvent silencieuse, un peu isolée dans les réunions de famille, et parfois, elle devenait exubérante, un moulin à paroles. Malgré cela, Nourine se souvient que certains membres de la famille, dont ses parents, la surnommaient « la sage ».

La jeune femme a envisagé d'appeler sa mère, mais celle-ci lui a envoyé un SMS dans la journée. Nourine a eu la sensation qu'elle évitait de téléphoner. Cet évitement l'intrigue, puisque sa mère n'a jamais hésité à l'appeler pour des broutilles, comme le choix d'une robe pour un rendez-vous avec son père. Nourine se remémore le temps où son frère et elle ont cru qu'elle avait une relation extraconjugale. Une fois par semaine, leur mère se préparait nerveusement pour dîner à l'extérieur. Nourine la revoit lui demandant de choisir entre deux tenues, l'excitation visible et la nervosité dans ses gestes. Son père demeurait toujours absent dans ces moments-là. Cela avait exaspéré Nikolas qui avait fini par réclamer des explications à sa mère. « *Astarafirullah*[1] ! Mes enfants, qu'est-ce que vous êtes allés imaginer ? avait-elle crié en se parfumant. Je m'apprête spécialement pour votre père... On sort juste

---

[1] Expression en langue arabe signifiant « Que Dieu me pardonne ».

tous les deux. Je le rejoins… pour faire… vrai rendez-vous. » Nourine avait trouvé ça très romantique, Nikolas s'était contenté de lâcher : « Mouais, il aurait aussi pu venir te chercher… pour faire vrai rendez-vous ! » Nourine sourit à ce doux souvenir, puis murmure : « Ce n'est pas cet idiot d'Aziz qui aurait planifié ce genre de rendez-vous… En tout cas, pas avec sa femme… » Elle se fait tourner sur sa chaise. « Pour l'instant, il vaut mieux que je n'en parle à personne d'autre. »

Chapitre 8

Jeudi 5 mars

Nourine tire les rideaux de sa chambre ce jeudi à l'aube, toujours dans sa robe bleue de prière, elle ouvre la fenêtre et hume l'air très frais qui fouette son visage. Elle sourit de satisfaction. Elle n'a rien « entendu » depuis mardi dans la salle de silence. Elle pourrait l'annoncer de vive voix à Caroline, avec qui elle n'a échangé que de brefs SMS la veille, son jour de repos.

Nourine se souvient qu'elle doit répondre au message de sa mère. Elle trouve de plus en plus bizarre qu'elle ne l'ait toujours pas appelée. « Étrange, *Oummi*… Étrange, étrange ! »

Elle quitte la chambre en direction du salon. Elle traverse le couloir d'entrée quand une clochette tinte à ses oreilles : « *Elle ne prend pas en compte ce que je lui ai dit hier.* » Nourine s'arrête net. « Oh, non ! Ça recommence ! marmonne-t-elle, déçue. Mais qui ça peut être, cette fois ? Pourquoi je ne reconnais pas la voix ? » Elle secoue la tête et s'empresse d'ouvrir les fenêtres du salon. Les premiers rayons du soleil illuminent doucement le séjour qu'elle prend le temps de contempler. Son regard se bloque sur le piano. Un frisson la parcourt et il n'est pas dû à l'air très froid qui s'engouffre dans la pièce. Son visage s'obscurcit. Elle prend une grande inspiration et s'avance vers l'instrument. Elle y dépose lentement sa main droite. *Il faudra bien que je m'y remette… un jour…* songe-t-elle avant de filer vers la salle d'eau.

Dans son peignoir de bain, Nourine observe la tenue du jour étalée sur son lit : un blaser, une jupe plissée noire et une blouse fleurie crème. Elle tergiverse sur le choix du collant sélectionné la veille quand elle entend une porte se fermer à l'extérieur. Elle devine que c'est celle de chez Miranda et Alexeï. Nourine regarde l'heure. *Elle part de plus en plus tôt… et si c'était Alexeï que j'avais entendu, tout à l'heure ?* réfléchit-elle. « Oh là là, j'ai pas envie d'entendre les pensées d'Alexeï ni celles de Miranda ! Pourquoi j'entends ça maintenant ? se plaint-elle. Ah, j'aurais bien aimé capter les pensées de l'idiot d'Aziz… Là, ça aurait été utile. » Elle hausse les épaules et s'habille.

* * *

Nourine a fini sa journée, elle rentre aux côtés d'Ali, rencontré à la gare alors qu'il revenait d'une petite course dans une épicerie alentour. La jeune femme n'a rien entendu d'autre de la journée, néanmoins, elle est anxieuse.

Elle a craint tout le jour de percevoir des pensées intimes de ses collègues.

Dans la salle des professeurs, Caroline l'a fait parler, avant de redevenir la joyeuse bavarde quelques instants. Elle s'est ensuite soudainement murée dans le silence, le regard perdu. Franck s'en est même inquiété auprès de Nourine lorsque la philosophe s'est éloignée un instant :

« Caroline a l'air ailleurs, ces derniers temps. Je m'avancerai même à dire qu'elle me paraît triste ! »

Nourine s'est contentée d'acquiescer avec un léger soupir. Kobène, à leurs côtés, n'a pas commenté, accaparé par la professeure d'éducation sportive, Cynthia Belore : une brunette petite et menue dans un survêtement rose fuchsia, venue plus tôt s'intercaler de force entre Kobène et Nourine. Laquelle s'est vue contrainte de changer de place pour plus d'aisance : la queue-de-cheval de la sportive ne cessait de lui fouetter le visage à chacun de ses mouvements de tête.

« Tu as le rôle de rivale, on dirait, avait ricané Franck derrière sa tasse de café.

— Et pourtant, je ne suis pas du tout dans la course.

— Oh, mais Caroline t'y a inscrite », avait ri Franck, cette fois franchement, laissant entrevoir toutes ses dents blanches.

Nourine n'avait pu s'empêcher de rire à son tour, oubliant un instant ses craintes d'entendre des cloches, et surtout, des pensées de ses collègues.

Maintenant sur le trajet avec Ali, la jeune femme confie ses inquiétudes concernant leur voisin, M. Sénéchal, qu'elle n'a pas revu depuis les dernières nouvelles données par sa fille, Chirine. Ali la rassure, il a croisé Chirine : il sort peu, mais va bien. Néanmoins, les deux voisins se promettent de passer le voir bientôt. Devant l'immeuble, Ali remarque la mine anormalement soucieuse de Nourine, elle lui semble ailleurs. « Nourine, ma chérie, désolé de te dire ça aussi sèchement, mais tu as une mine plutôt affreuse… » Nourine le regarde, surprise. Avant de pousser la grille d'entrée, Ali s'immobilise un instant : « Tu m'as l'air perdue dans tes pensées… Tu as même l'air préoccupée. En fait, j'aurais dû commencer par là quand je t'ai croisée », réalise Ali en grimaçant. Nourine ne peut s'empêcher d'éclater de rire. *Avec lui, inutile de lire dans les pensées, il dit toujours à voix haute ce qu'il pense.* Ali avance et lui tient la première porte d'entrée de l'immeuble activée avec son badge. Nourine active la seconde et ils avancent vers l'ascenseur. Ils sont seuls. Ali presse le bouton d'un des élévateurs, puis plante son regard dans celui de Nourine. Il attend une confession de sa part. Nourine inspire, avant d'expirer longuement.

« C'est compliqué, Ali… »

Le jeune homme croise les bras, concentré sur Nourine.

« Je suis un peu perdue, pour tout te dire. »

La porte de l'ascenseur s'ouvre, Ali cède le passage à sa voisine.

« Tu sais quoi ? Viens à la maison, maintenant, tu vas me raconter devant un bon thé. Tu aimes toujours le thé, n'est-ce pas ?

— Oui, Ali, sourit Nourine, mais…

— Il n'y a pas de mais qui tienne… viens. »

La porte s'ouvre, ils s'avancent vers leur logement respectif, à côté l'un de l'autre.

« J'ai ma prière à faire, Ali…

— T'invente pas d'excuses, ma douce, réplique Ali en introduisant la clé dans la serrure. Tu sais que j'ai tout ce qu'il faut pour la prière, viens maintenant. Si tu rentres prier chez toi, tu vas te dégonfler, tu ne viendras pas… je le sais. »

À court d'arguments, Nourine sourit. Ali ouvre grand sa porte et attend que Nourine entre.

« D'accord ! », souffle-t-elle avant de franchir le seuil.

Elle dépose son sac, retire son imperméable et le suspend sur un portemanteau pendant qu'Ali referme la porte.

« Tu connais la maison, je te laisse prier pendant que je nous prépare un thé. »

Ali et Lionel disposent, comme Nourine, d'un trois-pièces avec la grande entrée donnant sur la salle de bains, les toilettes, les deux chambres et le vaste séjour. À la différence de chez Nourine, le couple s'est débarrassé du mur séparant le séjour de la cuisine, il bénéficie ainsi d'une grande cuisine ouverte aux couleurs noir et gris, en parfaite harmonie avec le séjour au ton brique avec ameublement en noir et blanc. Une paire de claquettes aux pieds, Nourine entre dans la salle de bains impeccablement rangée. Elle aimerait que la sienne soit aussi en ordre. Elle remonte ses manches et procède au rituel des ablutions. Lorsqu'elle a fini, elle se dirige vers la pièce attenante à la chambre, dont la porte est laissée entrouverte. C'est le bureau d'Ali, qui fait aussi office de salle de prière ou de yoga. Un paravent sépare les espaces. La pièce est immaculée, toute de blanc et gris. Une odeur d'encens flotte dans l'air. Nourine dispose le tapis de prière pris dans un panier, elle le place en direction de La Mecque indiquée par une flèche sur le sol. Comme elle a laissé à l'entrée son sac dans lequel se trouve son foulard, elle en prend un dans un coffre placé à côté du panier à tapis. Pendant qu'elle noue son foulard, elle perçoit des bruits de tasses et d'assiettes qui s'entrechoquent, des tiroirs qu'on ouvre et qu'on referme. Elle commence sa prière.

Moins de dix minutes plus tard, elle rejoint Ali. Il a troqué son jean et sa chemise contre une djellaba crème à manches courtes, il est installé sur l'un des canapés blancs en tissu, une tasse de thé d'une main et un biscuit de l'autre. Nourine attrape sa tasse et se sert un biscuit avant de s'enfoncer dans le canapé en face.

« Je t'écoute, ma douce, que se passe-t-il ?
— Oh là là, j'ai peur d'en parler tellement c'est fou.
— N'aie pas peur, je t'écoute. »

Nourine prend une grande inspiration et relate son histoire à Ali, s'interrompant pour boire des gorgées de thé. Ali reste d'abord impassible, puis il lève parfois les yeux de surprise et sourit légèrement à l'épisode du chien de Philippe. Il boit tranquillement son thé et avale des gâteaux secs, captivé par le récit de sa voisine. Son visage s'assombrit lorsqu'elle mentionne la mine de Caroline à la révélation de la pensée entendue non loin du serveur.

« Voilà, tu sais tout ! Tu peux me traiter de folle, mais finalement, ça fait du bien de le dire à voix haute », rit nerveusement Nourine, attendant une réaction d'Ali.

Le jeune homme la considère, les yeux grands ouverts :

« Waouh ! finit-il par dire. C'est gé-ni-al ! Fascinant… Vraiment, Nourine, c'est fa-sci-nant !

— Génial, génial… Je n'en suis pas certaine ! Fascinant, j'en doute un peu. Mais tu ne m'as pas l'air plus surpris que ça !

— Surpris ? Tu sais, tu n'es pas la seule sur cette terre à ENTENDRE les pensées, à LIRE dans les pensées. Si je te racontais les histoires de mes ancêtres du Moyen-Orient, ouh là, tu n'en reviendrais pas ! Mais attends… Tu entends quelque chose, là… maintenant ? »

Ali ferme les yeux, sa tasse à la main.

« Non ! s'esclaffe Nourine, tu peux rouvrir les yeux.

— Donc tu ne lis pas dans les pensées ! C'est déjà une information importante. Néanmoins, tu les entends de temps en temps… Est-ce que d'autres personnes dans ta famille entendent les pensées ?

— Pas que je sache… quoi qu'on ait souvent parlé de ma grand-tante Rose-Dalia. » La jeune femme garde le silence un instant, les yeux sur sa tasse. « Maintenant que j'y pense, on la disait spéciale, il y avait toujours un mystère autour d'elle, comme si elle était folle, tu comprends ce que je veux dire ?

— Tu devrais te renseigner, c'est peut-être courant dans ta famille. Tu sais, depuis que je vais à mon cours de yoga, je peux te confirmer que rencontrer des personnes très intuitives est fréquent… Le yoga développe l'intuition, je pense… Mais MOI, rien du tout, je n'entends rien ! »

Nourine se met à rire, et s'arrête brusquement au son d'une clé dans la serrure. Ali tourne la tête vers la porte d'entrée, un homme franchit la porte. C'est son mari, un homme grand et fin aux cheveux orangés hirsutes et à la barbe blonde. Son visage doux et souriant met toujours les clients de son cabinet de psychologue à l'aise. Il a un grand sourire aux dents grisonnantes, héritage d'un passé de grand fumeur.

« Bonjour, Nourine, ça fait longtemps ! », lance Lionel de sa voix grave et rassurante en découvrant sa voisine dans le séjour.

Nourine se lève pour l'embrasser.

« Bonjour, Lionel, en effet, ça fait un petit moment. Tu vas bien ?

— Ça va plutôt bien.

— Attention, prévient Ali, elle entend les pensées. Si tu ne dis pas la vérité, elle le saura », plaisante-t-il en adressant un clin d'œil à Nourine, qui s'enfonce de nouveau dans le canapé.

Lionel interroge la jeune femme du regard, elle sourit, gênée.

« Oh, vraiment ? Si c'est le cas, dit Lionel, je te plains. Ma tête est encore pleine des histoires de mon dernier client et ce n'est pas gai.

— Va te débarrasser, chéri, et joins-toi à nous… Tu vas voir, ça va te détendre. »

Lionel disparaît dans la chambre. Ali fixe Nourine, les sourcils froncés.

« Et en ce moment, tu entends quelque chose ? »

Nourine éclate de rire en secouant la tête, soulagée de ne rien capter en permanence. Lionel les rejoint, il s'installe à côté d'Ali qui lui résume le récit de Nourine. Le psychologue l'écoute attentivement. Il s'installe dans le canapé, un pied sur sa cuisse gauche. Il regarde tantôt Ali, tantôt Nourine en hochant la tête, sans trahir aucune de ses émotions. À la fin du récit, Nourine et Ali attendent sa réaction. D'abord impassible, Lionel prend une grande inspiration, il pose une main sur ses lèvres, puis brise enfin le silence.

« Et comment sais-tu que ce sont des pensées et non pas des voix ? »

Nourine s'agite dans le canapé. Lionel le remarque et tente de clarifier :

« Je veux dire…

— Je comprends où tu veux en venir, Lionel, l'interrompt Nourine, qui aurait aimé ne pas avoir l'air agacée. On peut dire que j'ai eu une confirmation avec Philippe et Caroline.

— Très bien ! Très bien, Nourine, tempère Lionel.

— Tu vois que ça agace, s'exclame Ali en regardant son compagnon. Tu sais, Nourine, quelquefois, il joue les psys avec moi, c'est juste e-xas-pé-rant, parce que j'ai simplement envie de parler à mon MA-RI.

— D'accord, d'accord, s'excuse Lionel en dressant ses mains en guise de bouclier, désolé, déformation professionnelle… Mais je suis tenté de poser une autre question. » Il marque une pause et fixe Ali : « Qu'en penses-tu ? De quoi s'agit-il d'après toi ? Pourquoi n'entend-elle que quelquefois ?

— Je pense qu'elle n'entend que ce qu'elle est censée savoir, explique Ali à son mari, avant de tourner son regard vers Nourine. Tu entends ce que tu es censée savoir. »

Nourine hoche la tête, cette hypothèse la rassure. Le son d'un vibreur retentit dans l'entrée, les deux hommes s'interrogent du regard puis dévisagent leur voisine. La jeune femme se souvient alors de son sac à main laissé près de la porte.

« Oh ! ce doit être mon portable. » Elle jette un œil à sa montre. « Je vais devoir y aller, j'ai encore des cours à terminer. Je vous remercie beaucoup, dit-elle en se levant, prête à débarrasser sa tasse.

— Laisse, Nourine, je débarrasserai, s'exclame Ali déjà debout avec Lionel, afin de raccompagner la jeune femme à la porte. N'hésite pas si tu as besoin, ajoute-t-il tandis que Nourine se rechausse.

— Et ne t'inquiète pas », rassure Lionel.

Ali la prend dans ses bras avant d'ouvrir la porte. Devant l'ascenseur, ils voient Laura, jeune étudiante de vingt ans aux longs cheveux noirs et au teint de porcelaine. Elle a déposé Nawal et Charlie à leur père, comme chaque jour à cette heure-ci. Elle vit chez ses parents au huitième étage.

« Bonjour, Laura ! crie Ali.

— Coucou, Laura ! », lance Nourine, tandis que Lionel salue la jeune fille d'un large sourire et d'un signe de la main.

Le visage de l'étudiante s'illumine à la vue de ses voisins.

« Hé, bonjour vous trois !

— Tes parents, ça va ? demande Ali.

— Ils vont bien, merci.

— Tu leur passes le bonjour », renchérit Lionel avant qu'Ali ne referme la porte.

Nourine s'avance pour embrasser sa jeune voisine.

« Comment vas-tu, Laura ? s'enquiert-elle, on ne se croise plus souvent.

— Ça peut aller, et c'est vrai, on n'a plus les mêmes horaires on dirait, sourit la jeune fille aux yeux en amande hérités de ses ancêtres asiatiques.

— Je reste parfois au lycée pour préparer mes cours et être tranquille en rentrant. Et les études se passent bien ? »

Nourine remarque les traits fatigués de la jeune étudiante.

« Ça se passe plutôt bien », répond-elle en fixant ses chaussures.

À ce moment précis, Nourine souhaiterait savoir ce que pense Laura, mais elle n'entend rien. Les portes de l'ascenseur s'ouvrent.

« Passe le bonjour à tes parents.

— Je n'y manquerai pas », assure la jeune femme en pénétrant dans l'ascenseur.

Nourine sort ses clés, une clochette l'alerte : « *J'aurais peut-être dû lui dire.* » Nourine s'immobilise. « Ça recommence », chuchote-t-elle. Elle jette un œil à l'ascenseur. *J'entends ce que je suis censée entendre. Peut-être que c'est juste ça…* Elle tourne la clé dans la serrure et rentre chez elle.

Chapitre 9

Vendredi 6 mars

Nourine franchit la porte de sa classe, qu'elle a aménagée avec des posters contre les préjugés et les discriminations liés au genre, au physique. Au fond de la classe, des plantes trônent sur des étagères et des tables. Cinq groupes de quatre tables sont disposés en demi-cercle autour de son bureau, à côté d'un tableau numérique qu'elle met en route avant d'afficher le plan du jour. Elle ouvre les deux fenêtres en pressant le bouton d'une télécommande. Ce vendredi matin, la jeune femme se sent apaisée : la discussion avec Ali et Lionel la veille lui a permis de relativiser ses dernières expériences et de passer une bonne nuit.

Les bruits du couloir lui parviennent de plus en plus distinctement : la deuxième sonnerie ne va pas tarder à résonner. Elle entend ses élèves derrière la porte. Elle jette un dernier coup d'œil à sa classe, puis elle ouvre la porte. Elle attend de ses vingt élèves de troisième A le silence avant de les laisser entrer. Elle salue chacun d'eux, la plupart sourient, les autres fuient le regard de leur professeure en murmurant leur bonjour. Liam n'est pas de ceux-là. Très grand et costaud à bientôt quinze ans, il toise Nourine avec un sourire de charmeur – pense-t-il.

« Gardez ce sourire pour vos petites copines, Liam, je suis votre professeure », affirme l'enseignante en refermant la porte.

Liam secoue la tête sous les rires étouffés de ses camarades. Un carillon intérieur perturbe un instant Nourine, puis : *« Bien fait pour sa gueule ! »* La professeure balaie la classe du regard, elle n'a pas reconnu la voix, était-elle féminine, masculine ? Tous les élèves observent Liam, avec admiration ou un brin de jalousie. Le jeune garçon, un sac jaune poussin au dos, marche vers le casier à portables derrière le bureau de Nourine pour y déposer son téléphone dernier cri. Tandis qu'il rejoint sa place sans oublier de jeter vigoureusement sa tignasse blonde en arrière, dévoilant ses yeux marron clair, Nourine s'avance devant son bureau. Elle scrute de nouveau les visages et hausse le ton :

« Qui que ce soit, les grossièretés ne sont pas admises dans cet établissement ! Encore moins dans cette classe ! »

Elle constate, plutôt satisfaite, la stupéfaction sur les mines de ses élèves : ils s'interrogent du regard. La professeure remarque que Slimane, un garçon très maigre aux cheveux frisés noirs, un duvet au-dessus des lèvres, se fait tout petit. Elle est pratiquement certaine qu'il s'agissait de sa pensée.

Nourine referme à clé le casier des portables, puis marche vers le groupe de Slimane : « On est bien d'accord, pas de grossièretés ! » Cette fois, le visage de l'élève passe du marron clair à un rouge-orange, la jeune femme a eu sa confirmation. Elle retourne vers son bureau, on ne peut plus contente de son nouveau pouvoir.

Leurs affaires sorties, les élèves examinent les gestes de leur enseignante, à l'affût du moindre indice sur ce qu'il se passe. Ils ont vu Slimane baisser la tête plus qu'à son habitude, au passage de leur professeure près de son groupe. Dernier d'une fratrie de quatre garçons, dont deux populaires dans le lycée, Slimane, ne possédant ni leur allure ni leur assurance, garde constamment la tête basse, imaginant passer ainsi inaperçu.

Nourine entreprend de commencer l'appel quand une myriade de clochettes la submerge : « *Elle est bizarre aujourd'hui !* » ; « *Je vais lui dire que j'ai oublié mon cahier* » ; « *Euh, des chaussures vertes ! Des goûts étranges, cette prof* » ; « *Oh ! il est trop mignon, Sli, le pauvre !* » ; « *J'aime bien son tailleur crème* ». Nourine inspire profondément et égrène tout de même les noms et prénoms de ses élèves, sans se laisser perturber par l'inondation de pensées dans sa tête.

« On va commencer par corriger vos devoirs et… » Elle marque une pause, toise les adolescents, et ajoute : « Inutile de me dire que vous avez oublié vos cahiers. Et non, je ne suis pas bizarre aujourd'hui ! » Certains élèves en restent bouche bée.

Nourine observe, triomphante, les visages oscillant entre étonnement et admiration. *Je sens que je vais adorer ce don, finalement !* exulte-t-elle intérieurement. Ce nouveau plaisir n'est que de courte durée. Après avoir transféré le compte rendu des présences au bureau d'éducation, elle découvre un message de la CPE, la conseillère principale d'éducation, à l'attention de tous les professeurs de la troisième A. Elle signale la mort tragique, pendant les vacances, d'un proche de Liam Sedan. Ses parents demandent expressément de leur communiquer tout comportement inhabituel de leur fils. Nourine essaie de ne pas montrer de signes de désolation, encore moins de lever la tête de temps en temps en direction de Liam tandis qu'elle lit la note. Elle aurait préféré avoir vu cet e-mail avant que le cours ne commence, elle s'en veut d'avoir oublié de consulter ses messages.

Nourine se lève pour vérifier les devoirs faits avant d'enchaîner sur la correction. En passant dans le groupe de Liam, elle repense au message de la conseillère d'éducation. *Pour l'instant, il est comme d'habitude, blagueur, frimeur, affable avec ses camarades. Là, j'aurais bien aimé un son de cloche.*

Chapitre 10

Dans la salle des professeurs, Nourine savoure une part de noéa, préparé par la doyenne des enseignants, Malika Dubois. La jeune femme le trouve particulièrement réussi. Ses collègues, comme elle, regroupés autour de l'îlot, une part de noéa à la main, discutent du mémo de la conseillère d'éducation, Mme Ibramovitch.

« Il avait seulement vingt ans, commente Franck.

— C'est terrible, ajoutent des professeurs.

— Les pauvres parents, renchérit Kévin Ulisse, l'enseignant d'arabe, un homme de taille moyenne reconnaissable à ses cheveux blonds frisés et à ses lunettes, qu'il nettoie ou ajuste en permanence.

— Liam a l'air de tenir le coup, dit Kobène.

— Oui, je trouve aussi, acquiesce Nourine avant d'avaler son dernier morceau de gâteau.

— Peut-être qu'il fait semblant pour n'inquiéter personne », coupe Franck.

Les professeurs s'arrêtent soudain de manger, songeurs.

« Restons vigilants, propose Malika, le visage fermé, depuis un fauteuil proche de l'îlot… Et vous autres qui ne l'avez pas en cours, prêtez attention dans les couloirs.

— Je veux bien », s'exclame Philippe Garcia d'une voix forte et assurée, un peu en retrait. Tous tournent la tête vers lui. « Mais à quoi ressemble-t-il ?

— Ah, oui ! Philippe a raison, on ne l'a pas tous en cours, enchaîne Kévin en jetant un regard furtif vers Nourine avant d'ôter ses lunettes pour nettoyer ses verres.

— Il est grand, commence Nourine, cheveux épais, blonds, assez mince et…

— Pour faire simple, la coupe Kobène en dégageant ses cheveux de ses yeux d'un léger coup de tête, c'est le jeune garçon qui a un béguin pour elle. »

La salle réagit de surprise et d'amusement, Nourine lève les yeux au ciel et lance un regard faussement courroucé à Kobène, qui se contente de hausser les épaules en lui adressant un clin d'œil, avant d'ajouter :

« Je me trompe ?

— Tu ne te trompes pas, sourit Caroline, sortant de son mutisme en bousculant légèrement de son épaule son amie qui se met à rire.

— J'aimerais faire aussi cette impression à des adultes, mais bon… », plaisante Nourine. Les professeurs rient de bon cœur.

À ce moment, elle perçoit : « *Si elle regardait bien, elle verrait l'effet qu'elle produit sur au moins deux adultes dans cette salle.* » Surprise, elle scrute les visages et se demande qui pourrait avoir eu une telle pensée. Elle tourne la tête vers Caroline et essaie de capter son regard, mais celle-ci est replongée dans son mutisme, les yeux dans le vague. Cela étonne Nourine, qui a l'habitude de la voir si bavarde avec les collègues.

Un brusque silence interrompt ses interrogations. Mme Catrina Ibramovitch, la conseillère d'éducation, une femme noire de petite taille aux formes généreuses, tout juste quarante ans et le visage autoritaire, a fait son entrée dans la pièce, des affichettes à la main. Elle est suivie de Marc, l'assistant d'éducation, un jeune étudiant grand et maigre, aux cheveux hirsutes et au visage cerclé de petites lunettes rondes.

« Bonjour tout le monde ! Ou rebonjour à ceux que j'ai déjà croisés, sourit Catrina. J'apporte des nouvelles », clame-t-elle en montrant ses affichettes.

Elle s'avance d'un pas assuré dans son tailleur-jupe crème vers le panneau d'affichage à un mètre de l'îlot. Quelques professeurs lui emboîtent le pas, tandis que Marc distribue des enveloppes à certains d'entre eux avant de ressortir.

« Ce sont de bonnes nouvelles, j'espère, Catrina, s'exclame Malika.

— Demande à Nourine, c'est elle qui organise », réplique la conseillère.

Nourine sursaute en entendant son prénom.

« Oh ! Un intervenant pour la Journée du lycée ! », s'écrie un professeur en lisant l'affichette.

Chaque trimestre, l'ensemble du lycée se réunit dans le réfectoire pour une ou deux interventions dans la journée, sur un thème défini par le professeur d'éducation civique. Les regards se sont posés sur Nourine, visiblement prise de court.

« Catrina, je n'en avais pas encore parlé, dit-elle, gênée.

— Ah, tu me connais, Nourine, je vais vite, on m'annonce quelque chose à faire, j'exécute. Prenez une affichette pour vos classes, mesdames-messieurs. »

La conseillère d'éducation dépose les affichettes sur une table à côté du panneau d'affichage.

« La discrimination, comme thème ? s'exclame le professeur d'arabe.

— Le Pr Delgado ? s'écrie Kobène, visiblement impressionné. Tu as réussi à dégoter Delgado ? Le professeur de socio, spécialiste des inégalités sociales ! Le prof de l'université Zarabel ! Ouah !

— Eh bien, madame Shafik, vous faites fort », renchérit Malika, tout aussi impressionnée.

Des professeurs épatés miment le geste du chapeau bas devant Nourine.

« Merci, merci, j'ai des relations ! s'amuse-t-elle.

— Aaah, tes parents ! », s'exclame Franck, un sourire derrière sa moustache.

Nourine hoche la tête, démasquée. Ses parents, enseignants à l'université, n'ont pas eu de mal à contacter M. Delgado.

« Catrina, interpelle Franck, que t'ont dit exactement les parents de Liam ? »

Les professeurs se figent tous. La conseillère d'éducation arrête sa course vers la porte et pince les lèvres. La pièce est plongée dans un profond silence. Elle se retourne et fait face aux professeurs, aux mines sombres et préoccupées.

« Disons qu'ils sont inquiets, commence-t-elle, ils m'ont confié qu'il n'a rien manifesté depuis le décès de son cousin. Comme je l'ai indiqué dans mon message à ses professeurs, soyez simplement vigilants. »

Les enseignants échangent des regards d'approbation.

« Une part de noéa ? lance Malika, brisant le silence pesant.

— Oh, du noéa ! Et vous alliez me laisser quitter la pièce sans m'en proposer ? »

Les visages se détendent. La professeure de russe évoque son fils de vingt ans : « Je ne sais pas ce que je ferais ! » Un autre enchaîne : « Moi, le premier est en route et je suis déjà inquiet, je n'ose même pas imaginer. » Nourine voit le visage de Caroline s'assombrir et les larmes lui monter aux yeux. Son amie se lève brusquement de sa chaise haute et rejoint le petit groupe devant les affichettes sur la table. Nourine devine que ce sujet la touche énormément. Elle se souvient qu'à leur rencontre, elle s'enthousiasmait aux récits des collègues parents, elle parlait de ses projets de devenir mère et ne manquait pas une occasion de demander des conseils. Les enfants dans les poussettes avaient presque tous droit à ses drôles de grimaces. À la réflexion, Nourine réalise que les mimiques aux enfants ont disparu il y a longtemps.

« *La discrimination ! Pff, elle ne pouvait pas proposer autre chose ?* », saisit-elle soudain. Nourine tourne instinctivement le regard vers le tableau d'affichage, Philippe se tient devant en secouant la tête de dépit. Elle n'a aucun doute quant au propriétaire de cette pensée, et s'avance vers le professeur de mathématiques.

« Si tu as d'autres idées pour la prochaine journée, Philippe, elles sont les bienvenues ! »

L'enseignant se retourne, ébahi, comme pris en flagrant délit. Il bredouille :

« Très bien. Très bien, Nourine », articule-t-il avant de s'éclipser.

La jeune femme se félicite intérieurement de l'avoir mis mal à l'aise. Ce don surprise commence à l'amuser. Mais pour combien de temps ?

Chapitre 11

Nourine traverse tranquillement le quartier résidentiel où vivent Caroline et son mari, Ivan. Son amie l'a invitée pour la soirée, tandis qu'elle la déposait chez elle au sortir du lycée. Nourine avait d'abord refusé, elle souhaitait se détendre avant d'aller chez ses parents le lendemain, mais devant l'insistance de la jeune femme, elle a cédé. Elle a pensé que cela pourrait remonter un peu le moral de son amie, visiblement triste ces derniers temps.

Caroline et Ivan se sont rencontrés par l'intermédiaire d'amis communs, ils habitent à quelque quinze minutes à pied de chez Nourine. La jeune femme aime déambuler dans ce quartier, avec ses maisons blanches symétriques alignées de chaque côté de la rue bordée d'arbres. Des chefs de petites entreprises comme Ivan, ingénieur architecte à la tête d'une société de rénovation, résident dans ce quartier que Nourine affectionne particulièrement pour le spectacle coloré époustouflant offert par les fleurs au printemps. De grandes pelouses habillées de tulipes et autres magnolias s'étalent devant chaque maison. Celle de Caroline et d'Ivan ne fait pas exception, c'est la mère d'Ivan qui fait office de jardinière en cheffe et de professeure attitrée de jardinage pour Caroline, afin qu'elle comprenne les bases de l'entretien du potager derrière l'habitation.

Nourine entend les talons de ses bottines beiges claquer sur le carrelage du perron menant chez son amie. La porte d'entrée s'ouvre avant même qu'elle n'atteigne la porte. Une femme blonde élancée, en jean et pull long en cashmere vert sur une chemise blanche, se tient sur le seuil, des gants de jardinage à la main. Nourine ne distingue aucun sourire, même léger, sur le visage à peine ridé et impeccablement maquillé de la mère d'Ivan.

« Bonjour, Nourine, lance-t-elle enfin sur un ton perché, souriant maintenant très discrètement, je vous ai vue arriver quand je taillais les rosiers.

— Bonjour, madame Milovitch, comment allez-vous ?

— Je vais très bien, je vous remercie. Entrez, Nourine. »

La jeune femme pénètre dans le grand vestibule et se débarrasse, tandis que Mme Milovitch l'observe d'un œil : elle admire sa robe jaune et vert mi-longue. Nourine arrange ses cheveux sur ses épaules et surprend le regard noir de Mme Milovitch.

« Je pensais que vous seriez accompagnée, Nourine. »

À cet instant, Nourine se rappelle la raison pour laquelle elle était si réticente à l'idée de venir dîner chez son amie en présence de sa belle-mère : celle-ci ne rate jamais une occasion de la réduire à son statut de célibataire.

« Je suis venue seule comme une grande », sourit Nourine.

La belle-mère lève un sourcil, avec un rictus en guise de sourire.

« Hé, tu es là ! », s'écrie Caroline, faisant voler sa robe rouge alors qu'elle descend en vitesse les escaliers en face de la porte d'entrée.

Elle prend la main de Nourine pour la conduire dans le vaste salon cosy au décor crème et terre, aux murs ornés de tableaux et de portraits. La belle-mère s'éclipse, au bonheur de Nourine, décidément incommodée en présence de cette femme froide. Caroline s'affaire devant un minibar.

« Comme d'habitude, hibiscus-menthe poivrée ?

— Oui, merci Caroline. »

Nourine trouve son amie plutôt détendue.

« Je prendrai la même chose », marmonne cette dernière.

Nourine regarde autour d'elle et prend place dans un large canapé. Elle est toujours fascinée par la décoration réalisée par un professionnel choisi avec soin par Mme Milovitch.

« Ivan ne va plus tarder ! », annonce Caroline. Elle tend son verre à Nourine et s'installe dans un fauteuil à l'opposé de son amie, tandis que la belle-mère refait son apparition dans une robe noire à manches courtes. Si Nourine est mal à l'aise en sa présence, elle constate que Caroline n'est pas plus sereine et ce, malgré les sept ans de mariage avec son fils. Mme Milovitch décline poliment mais fermement l'offre de Caroline de la servir. Elle se verse elle-même une boisson alcoolisée et rejoint les jeunes femmes en s'asseyant dans un fauteuil. Elle constate avec ravissement que sa belle-fille ne boit pas d'alcool. Elle dévisage brièvement Nourine, ce que ne manque pas de remarquer Caroline, qui sourit derrière son verre en adressant un clin d'œil à son amie.

Mme Milovitch inspire profondément avant d'avaler une gorgée de sa boisson. « *Je n'aime pas beaucoup que des femmes célibataires viennent chez mon fils.* » Nourine sursaute légèrement, elle jette un regard assez froid à la belle-mère.

« Vous avez dit quelque chose, madame ? ose-t-elle, un tantinet agacée.

— Mais non !

— Ah ! je pensais que vous aviez dit quelque chose sur les célibataires ! »

Les joues de Mme Milovitch s'empourprent légèrement, elle tente un sourire, secouant la tête de droite à gauche pour toute réponse. Nourine échange un regard avec Caroline. Cette dernière comprend et manque de s'étrangler en avalant une gorgée de son hibiscus-menthe poivrée.

« Ne t'étouffe pas, reste avec nous », plaisante Nourine, souriant de toutes ses dents. *Ah ! je commence à adorer ce don.*

Les trois femmes entendent le bruit d'une clé dans la serrure, instinctivement, leurs regards se tournent vers l'entrée. Quelques secondes après, le mari de Caroline apparaît, habillé d'un blouson épais, noir, sur une chemise bleue, avec un jean et des bottines noires. Ivan est un homme de taille moyenne, la quarantaine, trapu, il porte court ses cheveux noirs un peu grisonnants sur les côtés. Ses clés en main, il ouvre grand les bras en voyant les trois femmes installées dans le salon.

« Ah, mais vous êtes toutes là ! Vous avez commencé sans moi ! plaisante-t-il, un large sourire sur son visage rond.

— Mais non, on t'attendait, réplique Caroline, tandis que son mari s'approche de Nourine.

— Bonsoir, Nourine, tu vas bien ?

— Je vais bien, Ivan », répond-elle.

En l'embrassant, elle ne peut s'empêcher de remarquer qu'il n'a pas enlacé Caroline avant elle, comme chaque fois qu'il fait son entrée en sa présence.

« Comment va mon petit-fils ? », interrompt Mme Milovitch.

Gabriel, né de la première union d'Ivan, vit avec sa mère dans le nord de Gefflait. Chaque semaine, Ivan lui rend visite et Gabriel reste avec son père et Caroline un week-end par mois.

« Ton petit-fils va bien, Maman. » Il retire son blouson. « Il te fait de gros poutous. »

Nourine remarque les yeux brillants de Caroline à l'évocation de Gabriel.

« Oh… et Caroline, continue-t-il, il m'a dit de te dire qu'il a réussi à réciter la poésie… je précise : sans *baflouier*. »

Tous éclatent de rire.

« Il a toujours du mal avec ce mot, sourit tendrement Caroline. Je suis contente qu'il ait réussi à la réciter.

— J'espère que vous en aurez un à vous très bientôt », sourit Mme Milovitch en hochant la tête en direction de sa belle-fille.

Depuis que son fils a rencontré Caroline, elle nourrit l'espoir d'avoir un autre petit-enfant qu'elle verrait beaucoup plus souvent ; espoir qui avait réussi à lui faire oublier les origines modestes de la professeure de philosophie. Sa belle-fille sourit, pour toute réponse. Nourine discerne des larmes montant aux yeux de son amie. « *Elle au moins… elle est de mon côté !* », perçoit-elle. Nourine essaie de cacher à Caroline sa réaction de surprise. Ivan ne réagit ni ne commente les propos de sa mère, il file dans sa chambre à l'étage. Caroline dépose alors son verre et se dirige rapidement vers la cuisine au fond du salon.

Seule avec Mme Milovitch, Nourine se cache derrière son verre. Elle craint une nouvelle allusion cinglante de cette femme froide. Mais c'est le son d'une énorme cloche qu'elle entend résonner à ses oreilles : « *Hum ! Elle ne veut pas d'enfants, sinon, elle serait mariée.* » D'abord un peu abasourdie par ce nouveau son, Nourine ne peut s'empêcher de demander :

« Vous avez dit quelque chose sur les enfants ? »

Mme Milovitch bredouille, visiblement confuse, ce qui ravit Nourine. Elles n'échangeront aucun autre mot jusqu'au retour de Caroline quelque cinq minutes plus tard, une éternité pour Nourine.

Elle n'entendra rien d'autre de toute la soirée. Elle n'a néanmoins pas eu besoin de capter quoi que ce soit pour apercevoir la tension entre son amie et son mari. Les petits noms doux qu'ils se donnaient ont disparu, *en tout cas de la bouche de Caroline*, note Nourine.

Sur le chemin du retour, la jeune femme se demande si son amie ne l'a pas invitée avec insistance cet après-midi-là dans le but de connaître les pensées de son mari. Elle a remarqué les regards interrogateurs qu'elle lui lançait chaque fois qu'Ivan prenait la parole. Alors qu'elle arrive à quelques mètres de son immeuble, elle se souvient de son regard particulièrement insistant dès que son mari a évoqué l'anniversaire de sa femme au mois de juin. Elle s'arrête : « Ah, mais oui ! Elle voulait peut-être que j'entende ce qu'il compte lui offrir, dit-elle, soudain enthousiaste, à haute voix. Non. Non, elle me l'aurait demandé directement et j'aurais pu le cuisiner. » Nourine reprend son chemin. Elle s'arrête de nouveau, un autre détail vient de lui revenir en tête : dès qu'Ivan a mentionné l'anniversaire de Caroline, le regard de son amie s'est assombri. *Il y a autre chose...* conclut Nourine.

Chapitre 12

Samedi 7 mars

« *Oummi*, laisse-moi tranquille avec ça.
— Mais tu n'en sais rien, ma Nour ! », tempère Rose-Amina.

Dans l'après-midi, Nourine s'est rendue chez ses parents. De crainte d'entendre des pensées dans les rues et les magasins, elle a annulé sa séance shopping ; à la place, elle a fait une grasse matinée suivie de son ménage hebdomadaire. Mouloud Shafik et Rose-Amina Blanchard, appelée Rosina par son mari, vivent toujours dans la maison dans laquelle ils ont emménagé lorsque Nourine était adolescente : une vaste demeure à l'intérieur cosy, décoré par Rose-Amina. Mouloud, le père de Nourine, suit sur un téléviseur géant un documentaire animalier, installé sur un large fauteuil fatigué, « son » fauteuil, laissant vide deux grands canapés blancs séparés par de grands tapis d'Orient choisis par sa femme. Nourine, dans la grande cuisine ouverte, grignote les apéritifs que sa mère dispose dans des coupelles. Rose-

Amina est une grande femme aux cheveux noirs courts et épais, qui encadrent un visage affable encore jeune.

« Mais tu n'en sais rien, Nourine. Recontacte-le et demande-lui la raison de son départ précipité. Peut-être qu'il regrette.

— Je ne vois vraiment pas pourquoi je ferais une chose pareille, *Oummi* ! », s'exclame Nourine, horripilée à la seule idée de revoir le jeune homme qui l'a laissée seule dans le café, face à sa tasse encore fumante le dimanche précédent.

Elle grignote frénétiquement.

« Ou alors… s'arrête la mère comme frappée par un éclair de génie, tu pourrais venir avec moi demain rencontrer le fils de Gisèle, je sais qu'il y sera, elle m'a dit qu'il lui rendrait visite ce dimanche.

— *Oummiii*, non ! Pas les enfants des amis, rouspète Nourine, la bouche pleine. Et si ça ne fonctionne pas, on va être gênés… N'est-ce pas, *Baba* ? lance-t-elle plus fort en regardant son père, avant d'avaler un autre biscuit.

— Oh ! ne me mêlez pas à vos histoires, moi, j'ai déjà proposé le site de rencontres de la mosquée, ronchonne Mouloud sans quitter l'écran des yeux. D'ailleurs, tu ne m'as pas dit ce que ça donnait, aucun compte rendu.

— Ce sont les histoires de TA FILLE, Mouloud, gronde Rose-Amina. Et toi, arrête de manger, tu vas tout finir avant même qu'on ait commencé. »

Pour seule réponse, Mouloud lève les mains et augmente le volume du téléviseur en défiant sa femme d'un regard malicieux.

« Ben voyons, c'est ça, monte le son, feint-elle de s'énerver. Ah ! C'est ça, le mariage, ma fille ! sourit-elle.

— Donc, tu es pressée de me voir plonger dedans, plaisante Nourine en engouffrant un dernier biscuit, avec une mimique taquine.

— Toi, tu es bien têtue comme ton PERE », jette-t-elle en haussant soudain la voix.

Mouloud se contente de lever de nouveau les mains au ciel.

« Heureusement, il y a tous les autres points forts, rit-elle, avant de reprendre, plus sérieuse : Tu devrais te rendre à des mariages pour rencontrer des jeunes hommes… C'est comme ça qu'on s'est rencontrés, avec ton père.

— Oui, oui, je sais *Oummi*, commente Nourine, au bord de l'irritation, avant d'avaler un verre d'eau… Mais les mariages…

— Les jeunes ne se marient plus, Rosina ! la coupe Mouloud, les yeux rivés toujours sur l'écran.

— Je croyais que tu regardais ton programme, toi… Le gâteau sera prêt dans cinq minutes… Viens dans le jardin d'hiver avec nous.

— Et mon programme ? grommelle Mouloud.

— Tu verras les enregistrements, Mouloud. Allez, viens chéri !

— Et Dieu créa les replays pour la paix des ménages ! », clame l'époux de Rose-Amina.

Nourine aimerait s'entendre aussi bien avec son futur mari et s'amuser autant après plus de quarante ans de mariage. Mouloud se lève de son fauteuil et s'étire de tout son mètre quatre-vingt-dix. Il rajuste son pull en cashmere bleu sur une chemise à petits carreaux qui souligne un ventre imposant comme sa silhouette. Il porte un pantalon à grosses raies de velours sombre et des pantoufles fourrées. Il voit Nourine chiper un biscuit pendant que sa femme jette un œil sur le gâteau dans le four. Nourine surprend le regard de son père et pose son index sur ses lèvres scellées, elle lui adresse un clin d'œil. Son père lui offre un grand sourire derrière sa moustache, poivre et sel comme ses cheveux crépus.

« Tu sais, Nour, fait diversion Mouloud, tu devrais consulter tes notifications du site, il y a peut-être eu des réponses. Des jeunes hommes à la mosquée se plaignent que des femmes ne répondent pas… Tu en fais peut-être partie.

— Oui, oui, *Baba*, je regarderai. Heureusement que les profils sont anonymes à ce stade.

— Quels profils as-tu passés en revue pour l'instant ? demande Rose-Amina.

— *Oummiii* ! Les profils intéressants pour moi ! s'agace Nourine, qui se demande pourquoi sa mère ne cesse de l'interroger sur tout et n'importe quoi depuis son arrivée.

— Tu n'as pas un beau collègue, dans ton lycée ? insiste Rose-Amina.

— Mais c'est pas vrai… Ça devient une obsession.

— Pas le lieu de travail, Rosina, interrompt Mouloud, les rencontres dans les mariages, c'est mieux, ajoute-t-il avec malice en s'avançant pour caresser le bras de sa femme, tandis que celle-ci démoule le gâteau.

— Forcément, concède Nourine, c'est à un mariage que vous vous êtes rencontrés.

— Tu n'as pas une amie ou un ami qui se marie bientôt ? interroge la maman un chiffon à la main, prête à nettoyer le plan de travail.

— Non… tu sais, ça fait longtemps, les mariages », explique-t-elle en réalisant soudain ce qu'elle vient de dire.

Les visages de ses parents se ferment, un silence pesant s'installe. Nourine réfléchit vite à ce qu'elle peut trouver pour changer de sujet. Rose-Amina nettoie vigoureusement son plan de travail à peine sale. Nourine jette un œil à son père, il enfonce ses mains dans ses poches, son regard se pose alors sur un portrait de lui et de son frère aîné, Moshem. Nourine devine à quoi il peut penser. La dernière fois qu'ils se sont rendus à un mariage, c'était à celui d'une de leurs cousines éloignées. Moshem était présent en compagnie de son fils, Daoud. Depuis ce qu'ils appellent « l'incident », personne n'ose vraiment prononcer ce prénom, Daoud.

Un claquement de porte brise le silence. Nikolas, le grand frère de Nourine, débarque en trombe dans la pièce les bras largement ouverts, sourire aux lèvres, au grand soulagement de Nourine et de ses parents.

« *Salam aleykoum,* tout le monde !

— *Wa aleykoum salam,* répondent-ils à l'unisson.

— Oh ! À voir vos têtes, j'ai interrompu quelque chose. »

Nikolas embrasse d'abord son père, puis sa mère venue à sa rencontre, et enfin Nourine.

« Alors, Nour, t'as pu te libérer finalement ?

— Oui, en quelque sorte », répond laconiquement Nourine.

Elle regarde furtivement sa mère avant de détailler son frère de bas en haut.

« Ah ! je vois… Les appels vidéo ont été rejetés… Hein, *Oummi* ?

— Bien sûr qu'ils ont été rejetés, s'écrie Rose-Amina.

— Tu aimes mon nouveau costume, Nourine ? Je te vois m'observer… »

Nikolas fait un tour sur lui-même dans son costume gris à la dernière mode. C'est un homme de trente-sept ans, petit de taille – une taille dit-on héritée de son grand-père maternel –, à l'allure débonnaire, ses cheveux longs et crépus encadrant son teint très pâle.

« Il est plutôt pas mal, concède Nourine en s'emparant du plateau apéritif.

— Tu penses qu'il me va bien ? J'en suis sûr, taquine Nikolas.

— Viens nous rejoindre dans le jardin d'hiver, Nikolas, invite la maman en se dirigeant vers la terrasse.

— Je me lave les mains, *Oummi*, et je vous rejoins. »

Tandis qu'elle avance vers le jardin d'hiver, un tintement surprend Nourine : « *Je suis sûr que c'était en rapport avec Daoud.* » La jeune femme se retourne instinctivement vers son frère qui se lave les mains dans la cuisine. Elle aimerait lui confirmer son impression et lui demander des nouvelles de Daoud qu'il a de temps en temps au téléphone, mais elle n'ose pas. Le sujet Daoud avait été une source de dispute constante entre eux pendant quelques semaines. Pour une raison qui lui échappe, Nourine songe à son amie Caroline. Ces temps-ci, les agissements de cette dernière lui rappellent beaucoup son cousin Daoud.

Elle s'assoit et picore quelques biscuits apéritifs pendant que son père sert le thé. Sa mère coupe le gâteau et se remet à interroger Nourine sur son travail au lycée, ce qui aiguise la curiosité de la jeune femme. *Je rêve, ou* Oummi *essaie de me faire parler… comme Caroline ?* Nikolas refait bientôt son apparition, coupant court à l'interrogatoire de Rose-Amina.

« *Oummi*, si c'est toi qui as cuisiné le gâteau, je dois le savoir, je veux me préparer, plaisante Nikolas.

— Ce n'est pas drôle, s'amuse Rose-Amina.

— Sois gentil avec ta mère, elle y a mis tout son cœur, plaide Mouloud.

— Oui, ce n'est pas tous les jours que votre père me laisse la cuisine.

— Justement, mon amie Nora a le même problème avec son mari », révèle Mouloud. Il s'éclaircit la voix avant de reprendre : « Tu l'as déjà rencontrée, n'est-ce pas, Nikolas ? »

Nourine prend une grande inspiration ; elle échange un regard d'inquiétude avec sa mère : elles pressentent le pire.

« Oui, *Baba*, tu parles de ton amie zoroastrienne…

— Oui, c'est ça.

— Bien essayé, *Baba*, mais le zoroastrisme ne m'intéresse pas ! On en a déjà parlé », rétorque Nikolas, exaspéré.

Nourine redoute toujours ces échanges entre son père et son frère depuis que Nikolas, lors d'un dîner, a annoncé à sa famille ne plus vouloir pratiquer les rites islamiques. Il a confirmé croire en un Dieu unique, mais a annoncé qu'il n'avait pas besoin de suivre une religion pour cela, et a expliqué consentir seulement aux salutations de paix comme *salam aleykoum* (« la paix soit sur vous ») ou l'équivalent en hébreu, *shalom*. Mouloud, ancien professeur des religions spécialiste de l'islam à la prestigieuse université Zarabel, imam par intérim depuis sa retraite, a reçu cette nouvelle comme un coup de poignard en plein cœur. Ce n'est pas son renoncement à l'islam qui le dérange, mais plutôt son rejet d'une religion « apportant une structure à la vie ». Alors depuis, le père de Nikolas tente, discrètement – le pense-t-il –, de pousser son fils à choisir et pratiquer une autre religion. Il a commencé à lui rappeler l'existence de tous les courants de l'islam, dans le cas où le sien ne lui aurait plus convenu, ensuite, chaque fois que Nikolas annonçait sa visite, il invitait un ami. D'abord son ami juif, un rabbin, ensuite son amie et ancienne collègue, une protestante.

Nikolas, irrité par ses tentatives à peine voilées, s'était lassé et avait cessé d'annoncer sa venue, puis avait renoncé à ses visites à ses parents pendant quelques mois, refusant même de les voir en dehors de la maison familiale. Les suppliques de sa mère l'avaient convaincu de revenir. Elle avait fait promettre à son mari de ne plus rien essayer. Il avait tenu, jusqu'à ce jour.

Nourine à cet instant précis aimerait savoir ce que pense son frère, son visage est fermé. Elle devine qu'il fournit des efforts pour garder son calme, face à son père qui ne s'avoue pas vaincu.

« C'est bien d'avoir un cadre, relance le père, au grand désespoir de Rose-Amina.

— *Baba*, tu m'as donné un cadre, avec *Oummi*, gronde Nikolas à moitié, je vous en remercie… Je me trouve très bien. »

Il avale une gorgée de thé. Nourine regarde tour à tour sa mère et son père à la recherche d'une réaction ou d'une pensée. Rose-Amina contient son exaspération en respirant fort, tandis que Mouloud se cache derrière sa tasse de thé.

« Un cadre inspiré d'une religion, susurre Mouloud avant d'avaler un biscuit apéritif.

— Tiens… ta part de gâteau », dit Rose-Amina en haussant le ton et en jetant un regard noir à son mari lorsqu'il lève la tête pour saisir l'assiette tendue.

D'un coup, il se fait tout petit. Cela n'a pas échappé à Nourine, qui glousse.

« Qu'est-ce qui te fait rire, Nour ? demande Nikolas, plus détendu.

— C'est *Oummi*, elle me fait rire. Avec elle, pas besoin d'entendre les pensées.

— Donc, tu entends les pensées ? s'exclame la mère.

— Je ne sais pas… peut-être, laisse échapper Nourine. Enfin, je veux dire, non… Enfin, des coïncidences, rectifie-t-elle sans conviction sous les yeux interrogateurs de sa famille.

— Mmm, commente Rose-Amina en prenant enfin place sur son siège, après avoir échangé un regard avec son mari.

— C'était quoi, ce regard de connivence ? », ose Nourine.

Mouloud observe sa femme.

« Oui, je l'ai vu aussi, c'regard, Nour, jette Nikolas, ravi de changer de sujet.

— Alors ? insiste Nourine auprès de ses parents visiblement incertains de la réponse à donner.

— Tu te souviens de ma tante, Rose-Dalia ? commence sa mère.

— Elle entendait les pensées ? », s'étonne Nourine.

Elle s'était toujours imaginé que cette grand-tante était considérée comme une folle. Elle avait seize ans lorsqu'elle s'était éteinte des suites d'une longue maladie.

« Elle le niait catégoriquement, dit la mère sous les yeux effarés de Nikolas. Elle préférait l'expliquer elle aussi par une série de coïncidences, mais je pense qu'elle entendait certaines pensées. Votre grand-mère, ma mère, me racontait que sa grand-mère entendait les pensées, alors, c'est peut-être de famille.

— D'aa-ccoord… Et donc, tu nous racontes cette histoire comme ça, comme si tu nous parlais du dernier barbecue chez le voisin, s'étonne Nikolas en cherchant le regard approbateur de Nourine, complètement médusée.

— C'est fou, lâche-t-elle, toujours sous le choc de cette révélation.

— Vous savez, renchérit Mouloud, ce n'est pas quelque chose de banal, c'est courant au contraire. On trouve des récits sur ces personnes dans différentes traditions religieuses et païennes, des personnes aux pratiques médiumniques qui incluent la perception des pensées d'autrui. Pour certaines personnes, c'est constant et pour d'autres, occasionnel. »

Nourine aime quand son père adopte sa voix de professeur ou d'imam, comme lorsqu'il lui a conseillé de s'inscrire sur le site de rencontres de leur mosquée : une certaine transformation s'opère. Lorsqu'il revêt la casquette d'une de ces fonctions, son père lui semble plus sûr de lui.

« Ça doit être fascinant d'entendre les pensées des gens, rêvasse Nikolas. Si seulement j'avais su pour Rose-Dalia… Quoique, on se doutait qu'il y avait quelque chose d'étrange chez elle, hein, p'tite sœur ?

— C'est sans doute pour ça qu'elle ne t'a rien dit, rit Rose-Amina.

— Nourine, ajoute Nikolas, tu pourrais savoir ce que pensent vraiment tes élèves de tes cours, ricane-t-il.

— Ha, ha, ha ! s'amuse Nourine, déjà moins tendue. Je ne suis pas tante Rose-Dalia… mais ça pourrait être drôle.

— Je n'ai jamais eu l'impression que cela plaisait à tante Rose-Dalia », tempère Rose-Amina.

Cette dernière remarque plonge chacun dans ses réflexions, tandis qu'ils dégustent enfin le gâteau. La jeune femme repense alors à ces scènes où Rose-Dalia ne semblait jamais s'arrêter de converser avec les différents membres de la famille ou les amis invités dans leur maison. En y repensant, elle réalise que ses interlocuteurs l'interrogent sans cesse, un peu à la manière de Caroline, ou à l'inverse qu'ils ne cessent de tenir des monologues, là aussi comme Caroline. Après cette prise de conscience, Nourine, ahurie, observe ses parents du coin de l'œil, se demandant pourquoi ils n'ont jamais abordé le sujet et pourquoi sa mère n'a jamais évoqué cette arrière-grand-mère. Nikolas la surprend :

« Tu sondes les pensées de nos parents, chère sœur ?

— Quoi ? réplique-t-elle, étonnée. Mais pas du tout ! »

Elle se met à rire. Mouloud se lève d'un coup et tend la main à sa femme.

« Allez, un peu de musique, on va danser ! s'exclame-t-il, joyeux.

— Bonne idée, chéri ! », renchérit Rose-Amina en donnant sa main à son mari.

Elle s'agite sur une musique imaginaire. Nourine regarde, étonnée, ses parents se diriger en se déhanchant vers le salon et mettre de la musique. Elle interroge son frère du regard. Il hausse les épaules et se ressert une part de gâteau.

La musique d'un chanteur folk izzedinien démarre. Nourine admire ses parents tandis qu'ils entament l'un en face de l'autre une danse endiablée.

« En tout cas, si tu veux sonder mon esprit, je n'ai rien à cacher, plaisante Nikolas.

— Même pas une femme ? » Elle observe son frère de près. « Y en a toujours une, avec toi… Quoi ? Il y en a deux ? plaisante-t-elle.

— Ha, ha, p'tite sœur, je crois que finalement, je vais aller danser, dit-il dans un rire en se levant.

— Ah ! alors, j'ai raison, s'amuse Nourine, soulagée d'avoir pu parler à demi-mot de ce qui lui arrive avec sa famille.

— Allez, crie Rose-Amina, toi aussi, Nour, viens nous rejoindre. »

Les parents entonnent maintenant les paroles de la chanson, pas très en rythme, ils s'amusent. Nikolas les rejoint, dansant et tapant des mains.

« Allez, Nourine, viens, viens danser avec nous ! », supplie Mouloud.

La jeune femme sourit. Elle s'apprête à les rejoindre, mais elle regarde encore un peu ses parents. Elle ne les avait pas vus danser ainsi depuis longtemps. Des valses oui, mais se dandiner de cette manière, plus depuis le décès de sa grand-tante Rose-Dalia. Soudain, elle a un flash : ses parents dansaient toujours aussi frénétiquement pendant les visites de la grand-tante. Celles-ci restaient épisodiques, mais à chacun de ses passages, la même scène se répétait. Nourine se remémore brusquement une visite en particulier. Son frère avait pris une année pour sillonner l'Europe et l'Asie du Sud-Est, elle avait tout juste quinze ans. Elle se revoit en colère dans un coin du séjour de cette maison dans laquelle ils venaient d'emménager. Elle n'avait pas eu l'autorisation de sortir dans le nord de Gefflait avec ses nouveaux amis, et elle regardait ses parents danser follement, comme en ce jour. Rose-Dalia était assise sur un canapé, un léger sourire aux lèvres. Elle portait l'un de ses turbans, un violet, et un large boubou rose fuchsia avec des bracelets aux poignets. Sa peau était très blanche, pâle comme celle de son frère. Nourine se souvient d'avoir croisé le regard de sa grand-tante. Elle lui avait adressé un tendre sourire, puis s'était avancée vers elle :

« Tu ne danses pas ? »

Ne décolérant pas, Nourine avait haussé les épaules.

« Tu n'as pas peur de réfléchir en ma présence ? avait-elle souri. Tout comme toi et moi, tes parents ne sont pas parfaits, avait-elle ajouté, ils te protègent à leur manière. »

Nourine se remémore ces paroles avec émotion. Aujourd'hui, c'est elle qui tient ce discours à ses élèves le lundi, lorsque certains lui racontent qu'ils n'ont pas pu se rendre à telle ou telle sortie. Nourine se souvient de l'étrange sensation. En regardant cette grande dame, elle avait eu la curieuse impression que Rose-Dalia avait lu dans ses pensées.

« Alors, c'était ça, s'écrie-t-elle, elle avait lu dans mes pensées ! »

Elle observe ses parents. « Ils dansent », chuchote-t-elle. *Ils ont eu peur que j'entende leurs pensées ! Ils sont persuadés que je capte les pensées !*

Pendant un court instant, Nourine s'était réjouie de pouvoir discuter de ce possible don avec sa famille. Maintenant, elle craint d'être isolée, comme sa grand-tante Rose-Dalia.

CHAPITRE 13

Lundi 9 mars

Nourine a proposé à Caroline d'acheter des plats à emporter pour s'attabler dans un petit parc, près de leur restaurant habituel. Malgré le soleil ce jour-là, peu de monde s'y trouve. Les deux amies ont donc l'embarras du choix quant aux tables suffisamment espacées les unes des autres sous des arbres, idéales pour un pique-nique en été. Nourine estime l'endroit parfait pour ce qu'elle a l'intention de demander à son amie. La veille, elle n'a pas cessé de voir des similitudes entre le comportement de son amie et celui de son cousin Daoud, elle est décidée à savoir ce qui préoccupe son amie.

Les deux femmes gardent leur manteau, qu'elles laissent simplement ouvert. Le déjeuner débute en silence, elles profitent de la vue, le bourgeonnement des premières fleurs sur les arbres, la verdure des pelouses. Puis elles se racontent leur week-end plus en détail que dans la salle des professeurs le matin même. Nourine lui parle d'Ali et de Lionel, et de son après-midi chez ses parents, avec le récit sur son arrière-grand-mère et sa grand-tante. Caroline paraît fascinée, elle lui pose des questions auxquelles Nourine n'a pas de réponses. Elle ne sait pas si elles entendaient tout le temps les pensées ni si cela s'est arrêté. Et elle ignore les raisons de ce phénomène qui semble sauter une génération.

Ce qu'elle confirme à son amie, c'est que depuis sa conversation avec ses voisins, elle se sent beaucoup mieux. Ce qu'elle ne lui a pas confié, ce sont ses craintes de se voir isoler, au vu du comportement de ses parents. Elle ne lui a pas non plus révélé les doutes qu'elle a ressentis sur ce don lorsqu'elle a pris le train le matin même : elle se demandait si quelqu'un pouvait entendre ses pensées à elle. Elle y a cru un instant pendant sa réflexion : elle a vu un homme regarder dans sa direction le sourire aux lèvres en secouant la tête ; elle n'a pas avoué à son amie qu'elle a eu des sueurs froides à l'idée qu'il ait en effet entendu ses cogitations. Il s'est avéré que l'homme en question avait des écouteurs. *Oh ! il écoute sûrement un podcast ou la radio*, s'est dit Nourine, soulagée. Non, elle ne lui a rien dit de tout cela et pour une bonne raison : elle ne veut pas mettre son amie mal à l'aise, alors qu'elle semble plus attentive et moins sur ses gardes.

Nourine perçoit la déception de Caroline tandis qu'elle lui apprend qu'elle n'a rien saisi depuis la pensée de son frère Nikolas.

« Ne te méprends pas, Nourine, ce n'est pas que j'aie une envie express que tu entendes mes pensées… mais je ne suis pas contre des histoires un peu croustillantes sur les collègues », plaisante-t-elle.

Nourine se retient de lui rétorquer qu'elle a remarqué qu'elle s'intéresse aux pensées des autres, comme vendredi, chez elle. La philosophe rapporte ensuite le souhait de son beau-fils, Gabriel, d'apprendre à jouer du piano :

« Il pourrait venir te voir jouer un jour et essayer ? Il n'en a pas l'occasion quand il va chez la mère d'Ivan. Tu sais comment elle est…

— J'imagine qu'il veut savoir en jouer avant de pouvoir demander à toucher le piano de MADAME sa grand-mère…

— Exactement, s'amuse Caroline. Tu serais d'accord ?

— Oui, bien sûr, on va organiser ça. »

Nourine se garde bien de lui dire qu'elle n'en a pas joué depuis longtemps. Ce dimanche, elle a bien tenté de le faire, mais elle s'est contentée d'observer l'instrument. Ce piano lui rappelle encore trop de mauvais souvenirs. L'idée de devoir en rejouer lui provoque un nœud à l'estomac, mais cette idée n'est pas la seule chose à lui provoquer ce nœud. Ce qu'elle s'apprête à demander à Caroline commence à l'angoisser un peu.

Malgré sa boule au ventre, Nourine achève son plat principal. Elle observe les assiettes de Caroline du coin de l'œil, elle n'a pratiquement rien avalé. Nourine aimerait que son amie mange suffisamment avant de lui poser sa question. La question qu'elle redoute tant maintenant de lui poser. Le changement d'humeur de Caroline ces derniers jours et son attitude parfois distante lui rappellent ceux de

Daoud quelques mois avant sa tentative de suicide. Elle n'avait pas vraiment prêté attention aux variations de comportement de son cousin, loin d'imaginer à quel point les tensions avec son père au sujet de son avenir professionnel le touchaient. Maintenant qu'elle a remarqué ces mêmes signes chez Caroline, elle veut comprendre ce qui tracasse son amie. Néanmoins, elle craint de formuler la question à voix haute. Elle appréhende sa réaction.

Nourine laisse son dessert. Caroline ne mange pas, elle a le regard ailleurs. Nourine prend une grande inspiration et interpelle son amie, qui sursaute et tourne à nouveau ses yeux vers elle, comme sortie d'un sommeil.

« Caroline, je te trouve distante depuis quelque temps… Tu sembles ailleurs et très préoccupée, tu ne parles plus de ton avenir familial comme avant… Tu m'as l'air triste. »

Le souffle court, Nourine marque une pause. Les yeux de son amie sont subitement baignés de larmes.

« Caroline… Caroline, est-ce que tu as des pensées suicidaires ? », demande-t-elle finalement d'une traite.

Nourine lit d'abord l'émotion dans le regard de son amie, avant de voir son visage s'éclairer soudainement.

« Oh ! merci de me le demander, Nourine, répond Caroline, les yeux humides, de toute évidence soulagée par la question de son amie. Merci de t'inquiéter, ça me touche. » Elle inspire profondément avant de poursuivre : « Non, je n'ai pas de pensées suicidaires, mais je… je me sens très… très, très triste. » Elle soupire. « Tu sais, je ne sais plus où j'en suis. Je ne sais pas quoi faire.

— À quel sujet ? interroge Nourine, mi-apaisée, mi-inquiète.

— Au sujet de mon couple, de moi… »

Caroline inspire de nouveau profondément et raconte à Nourine que son anniversaire approche (trente-sept ans), qu'Ivan ne semble plus décidé à avoir un autre enfant, alors qu'ils avaient prévu d'en concevoir un avant ses trente-sept ans. Il trouve maintenant leur vie très bien comme elle est, avec la visite de Gabriel de temps en temps. Nourine écoute sans l'interrompre, elle se contente d'acquiescer. Caroline lui confie sa peur de quitter son mari pour tenter d'avoir des enfants avec quelqu'un d'autre et de ne finalement rencontrer personne, ou alors de rencontrer quelqu'un envers qui elle n'aurait pas des sentiments assez forts pour désirer concevoir des enfants avec lui. Elle redoute de rester avec Ivan et de vivre le reste de sa vie à regretter de ne pas être partie, ou pire, d'éprouver du ressentiment pour lui et de finir aigrie.

Nourine l'écoute attentivement, malgré le choc causé par ses révélations. Au même titre que ses parents, Caroline et Ivan ont toujours fait office de couple de référence à ses yeux. Caroline n'a jamais manqué de termes élogieux pour parler de son mari, de son couple. Même si Nourine savait qu'à l'instar d'autres ménages, ils traversent des hauts et des bas, grâce à eux, la perspective de s'unir à un homme déjà père était devenue une option plaisante.

« Nourine, vraiment, je me sens trahie. Tu comprends ? Trahie.

— Je comprends, Caroline… c'est très dur. Je ne sais pas quoi te dire, compatit Nourine. Tu lui en as parlé ?

— Oui, j'ai essayé. » Caroline essaie de contenir sa colère. « À chaque fois que j'essaie, il me répond : "Mais chérie, tu ne trouves pas qu'on est bien comme ça ?"

— Ah… je vois. » Nourine réfléchit un instant, elle ne veut pas dire de bêtises. « Tu devrais aussi en parler avec un professionnel. » Caroline paraît surprise. « Pour t'aider à y voir plus clair, explique Nourine.

— Moui… tu as peut-être raison.

— J'en parlerai à Lionel, il aura sûrement des confrères à te recommander.

— Merci beaucoup, Nourine », dit la philosophe, visiblement apaisée.

Nourine se sent plus calme, ravie d'avoir posé la question.

« Donc tu n'as pas entendu mes pensées ces derniers jours ?

— Non, pas du tout. »

Sa réponse provoque le fou rire de Caroline, à la surprise de Nourine.

« Et tu n'as rien entendu des pensées d'Ivan ?

— Non, rien du tout, confirme Nourine, heureuse de n'avoir effectivement rien perçu.

— Ah, d'accord ! Moi qui avais espéré que tu entendrais quelque chose pendant le dîner… Donc, rien du tout ? »

Caroline souffle.

« Oh, si ! Les commentaires de ta belle-mère sur les célibataires… »

Les deux femmes éclatent de rire.

Chapitre 14

Vendredi 13 mars

Nourine se satisfait de n'avoir entendu aucune pensée dans le train ce matin, comme chaque matin depuis quatre jours. La veille, elle a appelé sa mère pour lui annoncer que la perception des pensées n'était finalement que passagère. « Peut-être que tu n'entends que ce que tu dois entendre », lui a répondu Rose-Amina. Cette remarque a fait écho au commentaire d'Ali quelques jours plus tôt. Mais elle a préféré ne plus s'en préoccuper. Après sa discussion avec Caroline, elle a eu le sentiment du devoir accompli, elle s'est alors concentrée sur l'intervention du jour, qu'elle prépare depuis des semaines.

Ce vendredi 13 mars, peu après 13 heures, Nourine vérifie que tout est en place dans le réfectoire pour la présentation de M. Delgado. Il n'a pas souhaité utiliser d'ordinateur, elle s'est donc contentée de disposer les chaises en demi-cercle. Elle remet sa veste de tailleur-pantalon vert qu'elle a ôtée pour aider le personnel de cuisine à retirer les tables après le déjeuner. Elle a pris soin de déposer sur chaque chaise des feuillets en couleur contenant des notes sur l'intervention, à la demande du professeur d'université. Les mains sur les hanches, Nourine observe, satisfaite, l'organisation du réfectoire, quand elle saisit : « *Bon, ben, c'est bon ! Qu'est-ce qu'elle veut de plus ? Elle ne va pas y passer plus de temps quand même, elle est bien, la pièce !* » La satisfaction sur le visage de la jeune femme laisse place à la déception. *Oh non ! Mon Dieu… ça recommence.* Elle se croyait seule depuis un moment, elle regarde autour d'elle. Elle entrevoit derrière le hublot de la porte de la cuisine la figure d'un des cuisiniers. Elle lui fait signe de la tête, il lève le pouce en réponse. Nourine ne se laisse pas déstabiliser davantage par le retour des pensées d'autrui. *Si je reste concentrée sur cette intervention, tout ira bien,* se rassure-t-elle. Elle part pour accueillir le professeur.

Paul Delgado est un homme imposant, de grande taille, séduisant, ses jolis cheveux argentés et épais au-dessus des épaules. Il a tout juste soixante ans. Sa veste de velours vert sur une chemise à carreaux agrémentée d'une cravate et son sac à dos lui donnent un air d'éternel étudiant. « On est presque assortis », a-t-il dit à la jeune femme en désignant son tailleur-pantalon vert. Nourine a souri et admiré du coin de l'œil la qualité haut de gamme des vêtements faussement décontractés du professeur ; même son pantalon à grosses côtes de velours sur ses chaussures noires confortables paraît haute couture à côté de son tailleur.

Avant de le conduire dans le réfectoire, Nourine l'amène fièrement dans la salle des professeurs pour lui offrir une boisson et le présenter aux collègues présents. Elle sait qu'elle va faire son petit effet en entrant dans la pièce. Ils se sont d'abord arrêtés au bureau du proviseur.

« Ça va me manquer, ce traitement de *rock star*, lance le professeur d'université en quittant le bureau du proviseur.

— Une retraite anticipée peut-être ? sourit Nourine en le regardant, avant d'ouvrir la porte de la salle des professeurs.

— En quelque sorte », a-t-il plaisanté avant d'entrer dans la pièce.

Une salve de tintements annonce un flot de pensées : *« Je n'imaginais pas qu'elle réussirait à nous l'amener »* ; *« Eh bien, bel homme, en plus d'être un excellent professeur »* ; *« Impressionnant, dis donc »* ; *« Aussi impressionnant qu'on le dit »* ; *« J'attends de le voir à l'œuvre, être séduisant ne suffit pas, pff ! »* ; *« Oh ! mais qu'il est grand ! »* ; *« Alors c'est lui, Delga… »*

Nourine essaie de rester sereine et de ne pas se soucier de ce mélange qu'elle ressent de déception et d'excitation grandissante à l'idée d'entendre de nouveau les pensées d'autrui. Malgré tout, la jeune femme est enchantée de savoir ses collègues impressionnés. Elle souhaite maintenant que le professeur sera à la hauteur de sa réputation.

* * *

Nourine apprécie autant que l'assistance l'intervention de M. Delgado. *Il ne s'appuie sur aucun support visuel et pourtant, on n'arrive pas à décrocher*, constate-t-elle. Elle le regarde utiliser ses mains, imiter certaines personnes célèbres sous les rires de l'auditoire, en dépit du sérieux du sujet : la discrimination sous toutes ses formes. La jeune femme jette un œil également au public, et observe les réactions. Un tintement, plus aigu que ceux qu'elle a entendus jusque-là, résonne dans sa tête. La pensée à la voix méconnaissable semble plus forte que les autres fois.

« J'en ai marre… Je n'en peux plus… Le 3 avril, je quitte ce monde ! »

Un frisson parcourt tout son corps : quelque chose de grave va arriver ! Mais Nourine n'en est pas certaine. Comment le pourrait-elle ? Dans le grand réfectoire lumineux du lycée Merlo, tout le monde rit. Ces deux dernières semaines, elle s'est presque amusée à l'idée d'entendre ce que pensent les personnes autour d'elle. Mais cette fois, c'est différent.

Elle scrute les visages. *La personne qui pense ainsi est forcément triste, du moins il ou elle ne rit pas*, se figure-t-elle. *Oh ! mais pourquoi je ne reconnais pas la voix ?* Tous les élèves du lycée de la troisième à la terminale dans l'uniforme du lycée – pantalon ou jupe gris avec blazer bleu et chemise blanche – assis sur les chaises en rotin alignées en rangées pour l'occasion, s'esclaffent et commentent les propos du professeur d'université invité par Nourine.

À quelques mètres seulement de Paul Delgado, la professeure d'éducation civique étudie les visages de ses collègues éparpillés par petits groupes derrière les élèves. Son regard s'attarde sur son amie Caroline, elle semble enfin détendue. Elle remarque que même Philippe, habituellement ronchon avec son éternelle veste en cuir, sourit à pleines dents aux côtés de ses confrères de mathématiques.

Elle observe Liam, il rit de bon cœur avec ses camarades. Ses groupies derrière lui, avec des barrettes colorées pour se distinguer dans cette vague de bleu et de gris, paraissent également amusées. Elle localise ensuite Slimane, qui ricane autant que ses camarades de classe.

Le célèbre professeur de sociologie de la prestigieuse université Zarabel a causé l'hilarité de l'assistance avec son récit sur la discrimination en fonction de la couleur de peau chez leurs voisins européens, forme de discrimination assez incompréhensible en Izzedine, considéré comme le pays le plus cosmopolite d'Europe. Les familles, aux ascendances d'origines très variées, comptent toutes des membres aux types ethniques différents. Aussi, après la surprise, puis l'effroi à l'écoute de la présentation de M. Delgado, chacun a ri : tous dans le réfectoire ont des grands-parents, des parents, des oncles et même une fratrie de carnation autre que la sienne.

Nourine affiche un large sourire, mais ses pensées sont ailleurs. Quelqu'un dans ce réfectoire veut mettre fin à ses jours le 3 avril. La jeune femme baisse les yeux un instant. « Le 3 avril, c'est un vendredi… C'est dans trois semaines ! », chuchote-t-elle soudain. Elle sent un regard insistant posé sur elle. Elle porte de nouveau son attention au réfectoire. C'est à ce moment-là qu'elle remarque sa voisine au fond de la grande salle. *Mais que fait-elle ici ?*

Nourine croise le regard de Laura et répond à son rapide signe de la main, avant qu'elle ne sorte du réfectoire, précédée de Marc, l'assistant d'éducation. *Il n'était pas censé avoir une réunion avec la CPE ?* Nourine s'aperçoit qu'elle caresse ses cheveux et les remet en place toutes les deux secondes, son réflexe dès qu'elle est mal à l'aise ou stressée. Elle se concentre un instant sur sa respiration afin d'apaiser les grondements de son cœur ; elle a l'impression que l'auditoire entend son vacarme, mais tout le monde a les yeux rivés sur M. Delgado, l'hilarité qu'il a provoquée a renforcé l'attention.

Le professeur, tantôt conteur, tantôt conférencier, livre sans qu'il y paraisse des statistiques complexes, il interagit en recherchant l'opinion de son public. Il captive sans le support d'un écran, sa seule personne suffit à hypnotiser les élèves et leurs enseignants. Nourine tripote nerveusement les pointes de sa chevelure.

Elle sent de nouveau un regard sur elle, elle croise celui, interrogateur, de Caroline. La professeure d'éducation civique devine que son amie philosophe a perçu sa détresse, son émoi dans sa gestuelle qu'elle ne contrôle pas. Nourine lâche sa chevelure et tente un grand sourire. Elle balaie encore une fois la pièce des yeux en s'efforçant de paraître sereine. Néanmoins, elle ressent que son amie l'observe toujours. Nourine craint que son expression reflète sa panique, son effroi même. Elle essaie alors de se concentrer sur la présentation, mais elle veut aussi rester attentive à d'éventuelles autres pensées qui pourraient révéler plus d'informations.

Les applaudissements nourris la ramènent à la présentation, c'est le signal qu'elle doit reprendre la main.

Elle s'avance pour remercier chaleureusement M. Delgado, et invite ensuite l'assemblée à poser ses questions pendant les quinze prochaines minutes, ce qui lui laisse le temps de scruter discrètement le public. Les mains se lèvent rapidement, même Philippe a une main levée. *Eh bien, Philiiippe ! Quel enthousiasme !* s'étonne-t-elle. Son regard se pose instinctivement sur Slimane dès que Liam prend la parole. Nourine remarque le regard mauvais de Slimane, qui s'intensifie dès qu'il aperçoit Makeba Lenoir, leur camarade de classe, avec ses longues tresses, en train de sourire à pleines dents, assise une rangée derrière Liam. Elle le dévore de ses yeux noirs pleins d'admiration, comme ses copines à ses côtés, envoûtées par l'éloquence du jeune homme et son mouvement de tête incessant pour ramener ses mèches de cheveux en arrière. Malika Dubois, la bouche légèrement ouverte, semble tout aussi fascinée, mais elle, par l'intervention de M. Delgado.

Nourine regarde sa montre, et s'avance vers l'intervenant pour reprendre la parole. Des applaudissements grondent dans le réfectoire, la jeune femme mesure avec satisfaction le succès de l'intervention. Tout le monde paraît ravi. *Je me suis peut-être fait des idées sur cette pensée, après tout !* Elle s'en convainc quelques secondes seulement, son inquiétude reprend vite le dessus.

Des professeurs et quelques élèves se précipitent vers M. Delgado, bientôt il est encerclé. D'autres élèves restent debout au milieu des chaises vides à se raconter des anecdotes surréalistes, parfois drôles, évoquant la discrimination à laquelle ils ont été confrontés en voyage sur les différents continents. Kévin Ulisse, le professeur d'arabe, fait un signe de la main à Nourine et lève son pouce en marque de satisfaction, la jeune femme le remercie d'un mouvement de la tête. Il ajuste ses lunettes avec un grand sourire, puis invite les élèves qui n'ont pas de questions à sortir. Cynthia Belore scanne le réfectoire de droite à gauche. Nourine trouve la force de sourire doucement – *je parie qu'elle cherche Kobène* – et continue d'observer l'agitation dans le réfectoire, se disant que parmi eux, quelqu'un projette peut-être de mettre fin à ses jours. Caroline la sort de ses réflexions :

« Tu vas bien, Nourine ? Tu as entendu quelque chose de grave ? chuchote-t-elle. Tu es toute pâle.

— Oui… mais ça va aller, tente-t-elle de rassurer son amie, peu convaincue.

— Tu es sûre ?

— Je t'expliquerai. Je vais raccompagner M. Delgado. Je te rejoins…

— À ma voiture, précise Caroline, visiblement inquiète pour Nourine. Nous sommes vendredi aujourd'hui.

— Oui, c'est ça… Oui, c'est ça… vendredi. Je te rejoins à ta voiture. »

Nourine se fraye un chemin vers M. Delgado et met fin aux prolongations des questions-réponses.

Après avoir raccompagné le Pr Delgado à sa voiture, Nourine repasse rapidement par la salle des professeurs. Kobène s'y trouve, assis dans un fauteuil, sa besace à ses pieds, concentré sur l'écran de son téléphone. Il ne remarque pas l'entrée de Nourine. La jeune femme le considère un court instant, il lui paraît sérieux. *Il doit lire quelque chose d'important… Et si c'était lui ?* Elle chasse rapidement cette idée et prend son manteau.

« À lundi, Kobène, dit-elle en se dirigeant vers la porte tout en enfilant sa veste.

— Oui, oui… à demain, réplique-t-il sans quitter l'écran des yeux.

— Non, à lun-di, Kobène », insiste Nourine.

Cette fois, l'enseignant lève la tête, et en voyant Nourine, il se lève d'un bond. Il passe la main dans ses cheveux, un peu gêné, mais ravi de la voir.

« Oui, à lundi, Nourine, passe un bon week-end… Et super-présentation. Très bon intervenant !

— Merci », sourit la jeune femme.

Elle le trouve soudain attendrissant, elle claque la porte et se demande ce qui a pu le distraire ainsi.

* * *

Caroline attend que Nourine attache sa ceinture pour démarrer. Le vendredi, elles terminent toutes les deux à la fermeture du lycée pour le week-end, 15 h 30, et la professeure de philosophie dépose Nourine chez elle chaque vendredi. Caroline jette des regards soucieux à son amie, visiblement très préoccupée. Elle s'impatiente, ça fait deux minutes qu'elle a pris la route et Nourine n'a pas encore ouvert la bouche.

« Bon, alors, tu m'expliques, Nourine ?
— Oui, oui... Il vaut mieux qu'on s'arrête quelque part. »

Caroline repère le parking d'un supermarché, elle y trouve une place facilement à cette heure de la journée, et coupe le moteur. Nourine prend une grande inspiration et regarde son amie :

« Quelqu'un projette de se suicider.
— QUOI ? Oh, mon Dieu ! s'écrie Caroline, livide. Mais attends... Attends, tu l'as entendu ?
— Oui... Enfin... je crois.
— Tu crois ? Dis-moi exactement ce que tu as entendu et quand.
— J'ai entendu une pensée pendant la présentation, cette fois, c'était spécial.
— Spécial ?
— Oui, spécial, le son de cloche que j'entends habituellement était plus fort, tout était plus fort, comme si l'on avait augmenté le volume d'un coup, et j'ai entendu... Elle inspire profondément : "J'en ai marre. Je n'en peux plus." » Nourine s'arrête pour masquer son émotion : « "Le 3 avril, je quitte ce monde !" »

Caroline, sans voix, fixe Nourine un instant puis regarde droit devant elle : des clients du supermarché chargent leurs courses dans leur coffre. Un véhicule avec deux passagers se gare du côté de Nourine. Celle-ci observe un court instant le couple, puis se tourne vers Caroline.

« Qu'est-ce que je dois faire, Caroline, je ne sais pas qui l'a pensé. J'ai eu la chair de poule, j'ai senti que c'était différent, cette fois.

— Attends… Attends une seconde. Ça ne veut rien dire. Et pourquoi il s'agirait d'une pensée suicidaire ? demande Caroline, incrédule. Peut-être que ça veut seulement dire "je quitte ce monde de fous". Il y a une pièce de théâtre, tu sais, avec ce titre, *Je quitte ce monde de fous, mais chut !* Ou ça peut être aussi "je quitte ce monde de l'enseignement", il y avait des profs aussi… Et puis… »

Caroline s'arrête. Nourine, silencieuse, les yeux dans le vague, n'est pas convaincue. Elle pense à Daoud, son cousin. Elle a culpabilisé de n'avoir pas prêté attention à lui. Elle imaginait cette culpabilité disparue et pourtant, la voilà qui refait surface.

« Tu as observé quelqu'un dans la salle d'un peu triste ? reprend Caroline comme si elle avait deviné les pensées de son amie.

— Non ! Tout le monde riait à ce moment-là, c'est le plus étrange… même Philippe.

— Philippe ? ricane Caroline. Philippe, rire ? Ah bon, continue-t-elle de se moquer, je ne l'ai jamais vu rire ! Je n'avais même pas remarqué… Oh, c'est tellement dommage, j'aurais bien aimé voir ça ! Comment étaient ses dents ?

— Peut-être qu'il se réjouissait à cette idée…

— …

— Ou peut-être que tu as raison, se ravise Nourine en voyant l'incrédulité de son amie, peut-être qu'il veut simplement quitter le lycée, mais on aurait été au courant, tu ne crois pas ?

— Hum…

— Caroline ! s'écrie Nourine en fixant son amie. Et si ce n'est pas lui, mais un élève ? Dans le cas d'un élève, ton hypothèse ne colle pas.

— Mais si, Nourine, ça peut coller : je quitte mon club, je quitte ce monde, ça peut tout vouloir dire ! Il n'y a pas vraiment de raison de penser à un suicide et puis quand même, Nourine… est-ce le vocabulaire d'un ado ? Je ne pense pas qu'un ado parlerait comme ça… même en pensée.

— Tu as sûrement raison, admet Nourine. Tu sais, depuis ce qui est arrivé à Daoud…

— Oui, je sais, intervient Caroline en posant une main compatissante sur l'épaule de son amie.

— Mais il y a autre chose, reprend Nourine d'une voix plus assurée : j'ai vu ma voisine, Laura.

— Ta voisine ?

— Oui, une de mes voisines, Laura… C'est une étudiante, elle vit avec ses parents, des journalistes indépendants.

— Tu l'avais invitée ?

— Non ! Justement, je ne lui ai même jamais dit, enfin, je crois, dans quel lycée je travaille. Elle est partie avant la fin… et d'ailleurs, Marc, l'assistant d'éducation, est parti en même temps qu'elle.

— Mais il ne devait pas assister à une réunion avec la CPE, lui ?

— Si, normalement… Ça peut être lui aussi… ou elle… »

Le visage de Nourine s'assombrit.

« Peut-être… tempère son amie.

— Comment je vais faire ? On n'a pas de moyens de savoir laquelle de nous a raison. »

Les deux femmes restent de nouveau silencieuses.

« Il ne faut pas s'affoler, reprend Caroline, pour l'instant, ça ne veut rien dire. Et on a jusqu'au 2 avril pour trouver, Nourine.

— Oui, tu as raison, je vais revoir la liste des présents à l'intervention… Et si c'était M. Delgado ? s'interrompt soudain Nourine avec effroi.

— Tu penses ? Il m'a l'air heureux… en tout cas, dans son travail ! Mais tu as raison, il doit aussi être sur la liste.

— On a une liste ?

— Une liste des suspects, sourit Caroline, on mène l'enquête. »

Sa réponse détend Nourine un bref instant, avant qu'elle ne s'écrie, interdite :

« CAROLINE ! Lorsque j'ai remercié M. Delgado, je lui ai proposé de lui offrir prochainement un café de remerciement, il m'a répondu d'accord, mais avant le 3 avril ! »

Caroline reste sans voix un moment avant de tenter :

« Peut-être qu'il a juste des choses à faire après le 3 ? C'est bien ce qu'on précise, lors d'un rendez-vous, non ? Pas avant telle ou telle date, ou après telle ou…

— Oui, oui, c'est vrai, la coupe Nourine, j'ai compris. J'en parlerai à ma mère, elle en saura peut-être un peu plus. »

Les deux femmes s'accordent là-dessus et Caroline redémarre.

Chapitre 15

Nourine avance lentement dans l'allée menant à son immeuble. Elle a demandé à Caroline de la déposer à quelques mètres afin de marcher un peu, éprouvant le besoin de s'aérer l'esprit avant de rentrer. L'image de son cousin Daoud l'a hantée tout le long du reste du trajet en voiture. La chaleur légère du soleil sur son visage la revigore. Elle ressent une certaine mélancolie, une mélancolie qu'elle pensait avoir laissée derrière elle depuis quelques mois.

Les épaules tombantes, la démarche lourde, la tête basse, elle pousse enfin le portail d'entrée. Celle-ci à peine ouverte, ses deux petits voisins, Nawal et Charlie, la ceinturent. Elle embrasse chacun sur le front. Leur père arrive et leur demande de ne pas étouffer la jeune femme.

« Tu vas bien, Nourine ? demande Alexeï, alarmé.

— Ouh là là, c'était une petite mais intense journée, j'ai reçu un intervenant aujourd'hui. »

Nourine remarque le regard plein de considération et d'inquiétude d'Alexeï. Visiblement, son explication ne l'a guère convaincu et l'arrivée de leur voisin du dessus ne va qu'accentuer son inquiétude.

« Bonjour, mesdames et messieurs », clame M. Sénéchal.

Le vieil homme au teint très pâle, les cheveux argent, en costume sombre, tient une canne d'une main et s'appuie sur le bras d'une grande femme au teint caramel d'une quarantaine d'années.

« Oh ! monsieur Sénéchal, s'écrient de concert Nourine et Alexeï, ravis de le voir.

— Comment allez-vous, monsieur Sénéchal ? demande Nourine.

— Beaucoup mieux, merci. Ma fille, Chirine, s'occupe bien de moi, assure-t-il en serrant le bras de la jeune femme à ses côtés. Elle a eu des soucis avec son téléphone il y a quelques jours, elle ne me rappelait pas ! J'ai eu une petite frayeur, mais c'est passé…

— C'était une frayeur de deux heures, Papaaa, proteste Chirine, j'ai fini par le joindre au bout de deux heures », répète-t-elle en regardant Alexeï et Nourine.

Nourine se rappelle soudain la pensée qu'elle avait entendue le dimanche 1er mars, quand tout avait commencé.

« En revanche, Nourine, vous m'avez l'air bien mal en point », reprend l'ancien journaliste.

Interloquée, la jeune enseignante s'apprête à répondre lorsqu'un tintement annonce : « *Elle a l'air si triste.* » Déconcertée, elle se contente de sourire, alors que les enfants se mettent à tonner :

« Joue du piano, Nourine ! Joue du piano !

— Du piano ? s'étonne-t-elle.

— Bah ouii ! réplique Charlie.

— Avant, tu jouais toujours du piano, explique sa sœur, ça rend joyeux le piano, et alors tu seras plus… euh… mal… en point. »

Les adultes éclatent de rire.

« On va laisser Nourine rentrer, les enfants ! rappelle Alexeï.

— Je vais me reposer », rassure la jeune femme.

Les enfants la libèrent de leur longue étreinte et lui disent au revoir. M. Sénéchal lui souhaite de bien reprendre des forces, avant de lui céder le passage en levant sa canne, se retenant au bras de sa fille. Nourine a hâte de voir son reflet dans l'un des miroirs de l'immeuble et de découvrir ce qui inquiète tant ses voisins. Mais une voisine la suit de près, elle n'ose donc pas s'observer dans la glace proche de l'ascenseur ni dans l'ascenseur lui-même, pendant que la femme lui parle du beau temps.

Nourine parvient à son appartement, elle se laisse tomber sur la chaise de l'entrée une fois la porte fermée. Elle n'a pas la force de regarder son reflet : *Personne ne me verra maintenant, de toute façon*. Elle se déchausse et soupire longuement. Elle aimerait que tout redevienne comme avant, avant ce dimanche 1er mars. Son regard se pose alors sur le piano dans le séjour. Elle repense en souriant à ses deux petits voisins : *Jouer du piano pour être joyeux ? Oui, c'était vrai il y a quelque temps, mes petits, mais maintenant…* Elle se remémore alors les conversations téléphoniques avec son cousin, tous les samedis. Parfois, ils plaçaient leur téléphone sur leur piano respectif et jouaient ensemble. Ils s'amusaient, tentaient de recréer les airs favoris du moment, puis la musique classique terminait inlassablement leur concert improvisé. Ce souvenir provoque un pincement au cœur de la jeune femme, une vague de tristesse la submerge. Elle jouait leur morceau préféré lorsque son père l'avait appelée : « Nourine, Daoud est aux urgences ! » C'était il y a près d'un an. Elle n'a plus rejoué depuis.

Le vibreur de son téléphone la ramène au présent. Elle sort l'appareil de son sac et constate qu'elle a un appel vidéo de sa mère. « Oh non ! », s'écrie-t-elle. *Elle va voir tout de suite que ça ne va pas, elle va me harceler de questions.* Nourine hésite une seconde, elle n'a pas encore vu son reflet. Elle se redresse sur sa chaise, se recoiffe rapidement avec ses mains, prend l'air le plus détendu possible puis décroche.

« Oh, mon Dieu ! Nourine, qu'est-ce que t'as ? s'affole aussitôt sa mère.

— *Salam aleykoum, Oummi,* lance Nourine en se demandant ce que tout le monde peut bien voir sur son visage.

— Nourine, *ya Allah*[1] ! Qu'est-ce qui s'est passé ?

— *Oummiii*… Je vais bien, la journée s'est bien passée… L'intervention de M. Delgado s'est bien déroulée, s'efforce-t-elle de la rassurer.

— Alors, pourquoi as-tu cette mine ? Tu as l'air…

---

[1] Oh, mon Dieu !

— Affreuse ? tente Nourine en plaisantant.

— Triste. Tu as l'air triste, Nour », dit sa mère, le visage fermé.

À ce moment, la tête de son père apparaît sur l'écran au côté de Rose-Amina, il est visiblement essoufflé.

« Oh ! *subhanallah*, tu as une mine affreuse, ma fille, s'exclame-t-il encore haletant, que se passe-t-il ? J'ai entendu les cris de ta mère du bureau. »

Nourine s'apprête à se lever pour aller s'observer dans un miroir.

« Parle, Nourine, insiste sa mère.

— Rien de grave. » Elle reste assise. « C'est parce que j'ai entendu quelque chose d'inquiétant et triste à la fois… Ça se voit vraiment sur mon visage que je suis triste ?

— Nour, dis-nous ce que tu as entendu ! », s'impatiente sa mère.

La jeune femme prend une grande inspiration :

« J'ai entendu une potentielle idée de suicide pour le 3 avril.

— *La ila hillalah*[1] », chuchotent les parents.

Puis chacun garde le silence.

« C'est grave, Nourine, dit enfin son père, il faut agir, prévenir les parents. C'est un élève ?

— Doucement, doucement, Mouloud. D'abord, es-tu sûre de ce que tu as entendu ? tempère Rose-Amina.

---

[1] « Il n'y a de dieu que Dieu », expression arabe souvent utilisée par les musulmans.

— Oui ! Enfin, je veux dire… »

La jeune femme hésite un instant.

« Nour, tu l'as entendu ou tu ne l'as pas entendu ? insiste sa mère.

— Je l'ai entendu… Euh… Je n'ai pas tout le contexte, mais…

— Eh bien, explique-toi, Nour ! Tu l'as entendu ou pas ? s'agace maintenant sa mère.

— Eh bien, oui, je l'ai entendu, mais… J'ai entendu la voix… » Nourine observe les mines concentrées de ses parents, tout ouïe, avant de poursuivre… : « Je ne sais pas qui l'a… dit. C'était une pensée, mais je ne saurais pas dire si c'était une voix féminine, masculine… »

Nourine remarque que ses parents hochent la tête pensivement.

« Peu importe, c'est très sérieux, Nourine. Si tu penses qu'il y a un risque que ce soit ça, il faut intervenir, réagit Mouloud.

— Oui, très sérieux », ajoute Rose-Amina.

Nourine n'est qu'à demi surprise par la réaction de ses parents : depuis la tentative de suicide de Daoud, Mouloud prend les questions de santé mentale encore plus au sérieux, en particulier tout ce qui touche au suicide. L'imam par intérim avait revu sa position sur les personnes qui se suicident : « Des lâches, des personnes sans foi » ou même « impatientes », les nommait-il. Touché de près, il s'était remis en question. Mouloud connaissait les difficultés relationnelles de son neveu Daoud avec son père, son frère aîné, Moshem. Daoud se rendait régulièrement à la mosquée et prenait part aux débats sur les textes. Quelques mois avant que ses voisins du dessous n'entendent son corps tomber violemment sur le sol de sa chambre, il avait arrêté de participer à ces débats, n'apparaissant plus que très sporadiquement à la mosquée. Mouloud s'en était voulu de ne s'être pas inquiété davantage de cette prise de distance.

« Nourine, tu devrais en parler à tes collègues, même si tu n'es pas certaine de ce que tu as entendu. Ne dis pas exactement comment tu l'as entendu, tempère Mouloud.

— Oui, ça, aucune chance, *Baba* ! »

Elle se garde d'ajouter : « Vu comment vous m'avez fuie pour danser. »

« C'était la pensée d'un élève ? demande le père, les sourcils froncés.

— Je ne sais pas, *Babaaa*…

— Comment ça, tu ne sais pas ?

— Eh bien, je ne reconnais pas la voix de la personne… Je ne sais pas si c'était une voix d'adulte ou d'ado. Pratiquement tout le lycée était dans la salle, j'y ai même vu une de mes voisines… Vous savez, Laura.

— Ah bon ! Elle venait te voir ? s'étonne Rose-Amina.

— Non, justement, elle ne sait pas que je travaille dans ce lycée, mais je le lui demanderai. Elle est partie avant la fin de l'intervention.

— Alors, tu as juste *entendu*, c'est ça ? répète Mouloud, tête basse.

— Oui, euh, oui, c'est… c'est ça. »

Nourine profite de ce moment pour leur exposer les hypothèses de Caroline.

« Elle n'a pas tort, affirme Rose-Amina.

— Mais tu te dois aussi d'être vigilante et de t'assurer que ce n'est pas une pensée suicidaire », ajoute le père de la jeune femme.

Nourine remarque les yeux pleins d'admiration de sa mère à l'égard de son père. Rose-Amina avait en partie reproché à son mari son attitude et ses propos qui avaient peut-être, selon elle, empêché Daoud de se confier à lui.

« Ça peut même être M. Delgado, vous savez, je l'ai aussi suggéré à Caroline, renchérit Nourine.

— Non, je ne pense pas, il a des projets. N'est-ce pas, Rosina ?

— Oui, il part avec sa femme pour leur anniversaire de mariage, confirme Rose-Amina.

— C'est peut-être un voyage d'adieu ! », suggère Nourine.

Ses parents échangent un regard interrogateur.

« Non… reprend Rose-Amina. Il part ensuite en conférence en Italie, je crois.

— Il a dit qu'après le 3, il ne serait pas là, continue Mouloud.

— Justement, c'est le 3, la date du suicide.

— Présumé ! ajoute sa mère. Suicide PRESUME ! Mais j'y pense ! » Rose-Amina lève les yeux tout en réfléchissant et regarde son mari. « Oui, c'est à partir de cette date, le voyage de Paul, M. Delgado, je m'en souviens maintenant, quand je lui ai parlé de ton intervention, Nour, il m'a précisément dit : "Pas après le 3, je pars avec Lydia. Avant le 20, ce serait mieux."

— Parce qu'il doit écrire un livre à son retour de voyage », termine Mouloud. Il sourit à sa femme, un peu surprise. « Oui, tu m'en as parlé, Rosina.

— Bon ! Une personne en moins sur ma liste. Il m'en reste encore une bonne centaine… se lamente Nourine.

— Va te reposer, ma chérie, et change-toi les idées, ce n'est peut-être rien, propose sa mère.

— Mais si c'est le cas, interrompt Mouloud, il faut s'inquiéter.

— Il a raison, *Oummi*… Vraiment, je vais avoir du mal à me changer les idées avec quelqu'un dans mon lycée qui prévoit peut-être de mettre fin à ses jours. »

Le visage de ses parents s'assombrit. La jeune femme n'a pas besoin d'entendre leurs pensées, elle devine que, comme elle, ils pensent à Daoud.

« Merci, *Oummi* et *Baba*, je vais envoyer un e-mail de remerciement à M. Delgado et je vais me plonger dans un bon bain. »

Ses traits s'illuminent à cette perspective.

« Très bien ! Voilà un bon programme, s'exclame sa mère. Je prévois d'inviter Paul… M. Delgado à dîner à la maison pour le remercier, je te tiendrai au courant.

— Ah oui ?… D'accord, grimace Nourine.

— C'est moi qui cuisinerai, rassure le père en riant avec sa fille.

— C'est ça, moquez-vous de moi », finit par rire à son tour Rose-Amina.

Nourine met fin à l'appel, ravie d'avoir terminé cette conversation sur un fou rire avec ses parents. Elle envoie sans attendre un message à Caroline au sujet de M. Delgado.

Elle se lève enfin et se précipite vers le miroir de l'entrée. *C'est vrai que j'ai une mine affreuse.* Elle dépose son téléphone qui vibre à nouveau, elle jette un œil rapide, c'est un SMS d'Ali.

> « J'ai croisé tes deux petits protégés, apparemment, tu es triste !!! Ils ont ajouté : "Mal en point"… Que s'est-il passé ? »

Nourine ne peut s'empêcher de rire : « Ah ! ces petits… Mais c'est trop mignon ! » Elle répond brièvement :

> « En quelque sorte. J'ai entendu quelque chose d'inquiétant.
> — Quoi ?
> — Une pensée suicidaire… Enfin, je crois.
> — OMG ! Nourine, il faut qu'on se voie. Si tu veux passer ce soir, on ne sort pas.
> — Merci, Ali, plutôt demain, je suis lessivée. Je rêve d'un bain.
> — OK, ma douce. On t'attend demain après-midi. Si tu changes d'avis, n'hésite pas. Lionel t'embrasse aussi. »

Nourine imagine se détendre dans son bain, mais la pensée entendue dans le réfectoire ainsi que le triste coup de téléphone de son père au sujet de Daoud tournent en boucle dans sa tête. Elle n'y échappe pas non plus sur son tapis de prière, ni pendant qu'elle prend son thé devant son feuilleton favori qu'elle a peine à suivre complètement. Cette pensée et ce mauvais souvenir ne la quittent pas non plus pendant son dîner et la poursuivent de nouveau sur son tapis de prière. Ce soir-là, elle invoque le Divin très longuement. Dans ses prières, elle demande de trouver rapidement la personne qui a eu la pensée suicidaire. Même si son amie et sa mère sont d'avis qu'il s'agit d'autre chose, Nourine a la conviction qu'elle a bien entendu une pensée suicidaire.

Elle trouvera difficilement le sommeil. De plus, une autre pensée l'obsède : *Est-ce que Daoud avait lui aussi planifié son suicide ?*

Chapitre 16

Samedi 14 mars

Lionel et Ali, ébahis, fixent Nourine. Le récit de leur voisine les laisse sans voix. Vingt minutes plus tôt, la jeune femme a frappé à la porte de leur appartement vêtue d'un boubou vert émeraude, les cheveux sur les épaules, une assiette de biscuits frais dans une main.

Depuis la veille, Nourine retourne la situation dans tous les sens. Elle a envie de croire à l'hypothèse de son amie Caroline, hypothèse que sa mère semble valider à demi-mot. Cependant, le visage de Daoud à l'hôpital ne cesse de la hanter depuis son retour chez elle. *Et si j'avais raison*, ne cesse-t-elle de se répéter. Pour se changer les idées, elle a décidé de préparer des gâteaux secs pour ses voisins. Elle s'est promis d'en refaire le lendemain pour en apporter à M. Delgado le lundi, en compagnie de Caroline. Elles se sont mis en tête de vérifier les dires de ses parents et de le rayer définitivement de leur liste des « suspects ».

Nourine soupire. D'une main, elle jette ses cheveux en arrière.

« C'est incroyable, n'est-ce pas ? Vous comprenez pourquoi je suis inquiète, s'exclame-t-elle.

— Oui, tout à fait, confirme Ali.

— Oui, si effectivement il s'agit bien d'une pensée suicidaire, pondère Lionel. Caroline n'a pas tort. Je veux dire que tu n'as pas le début de la pensée, tu ne connais pas le contexte, et hors contexte… ça peut vouloir dire tout ce qu'on veut faire dire à cette pensée. Tu me suis ?

— Oui, admet Nourine, j'imagine que ça devrait me réconforter, mais… » Elle ne finit pas sa phrase songeuse.

« Tout d'un coup, je n'envie plus ton aptitude, Nourine, clame Ali avant d'avaler un biscuit. Et puis, que faisait Laura là-bas ? Tu penses que c'est son copain ?…

— Marc ? Peut-être… Cela pourrait expliquer sa présence, se redresse subitement Nourine.

— La première chose à faire, reprend Lionel, une tasse de café à la main, est de mettre en évidence dans le lycée le numéro de téléphone pour le soutien à la santé mentale et le numéro vert pour la prévention du suicide. De cette façon, s'il est effectivement question d'un projet de suicide, la personne y aura accès. J'imagine que ces numéros sont déjà affichés à l'infirmerie…

— Oui, ils y sont. Les mettre en évidence en dehors de l'infirmerie, c'est une bonne idée ! se réjouit Nourine. Tu as raison. Ainsi, on atteint absolument tout le monde dans le lycée. D'ailleurs, on a un élève à qui on doit prêter attention en ce moment. »

Nourine s'explique, voyant les regards interrogateurs du couple. Elle leur explique l'histoire de Liam.

« Oh ! tu vois, Lionel, là, il y a un contexte, s'écrie Ali en fixant un instant son mari. Nourine, tu ne penses pas que ce pourrait être cet élève ?

— Je ne pense pas, non, il m'a paru… bien. Enfin, les parents s'inquiètent parce qu'ils pensent qu'il cache sa peine.

— D'accord », reprend Lionel. Il garde le silence, fermant les yeux, avant de continuer : « Même si cette pensée en particulier ne lui appartient pas, cela ne signifie pas qu'il ne pense pas au suicide, affirme-t-il. S'il était proche de son cousin, la souffrance est d'autant plus grande.

— C'est vrai, tu as raison. »

La jeune femme baisse la tête, elle repense soudain à Daoud. Lionel et Ali remarquent le voile de tristesse sur son visage.

« Tu sais, même avec une formation pour détecter les signes, on peut passer à côté. Tout ce que l'on peut faire, c'est prévenir du mieux que l'on peut, rassure Lionel.

— Oui, tu as sans doute raison », murmure la jeune femme.

L'amitié de Lionel et Ali lui avait été d'un grand secours les quelques jours qui avaient suivi la tentative de suicide de Daoud.

« Mais ce n'est pas obligatoire, la formation pour la prévention du suicide, dans les établissements scolaires ? demande Ali.

— Non, juste recommandé, explique Nourine.

— C'est obligatoire pour le personnel soignant hospitalier, les bénévoles des centres d'appels santé et les forces de l'ordre, renchérit Lionel.

— Ah, dit Ali.

— Mais je suis d'accord avec toi, chéri, ce devrait être obligatoire dans les écoles et les universités, mais les politiciens de ce pays ne veulent rien entendre, ajoute Lionel en haussant le ton.

— C'est à nous de nous débrouiller, complète Nourine. Dans certains lycées, les chefs d'établissement allouent des financements pour ce type de formation aux enseignants... Je vais suggérer l'idée à mon proviseur. »

Au même moment, Nourine entend : « *Mais c'est une solution à long terme !*

— Oui, approuve-t-elle sans réfléchir, il faudrait une solution à court terme.

— Oh, mon Dieu ! sourit Lionel. C'est vrai que tu entends les pensées ! »

Nourine reste sans voix. Elle ne voudrait pas qu'ils pensent qu'elle entend tout. Lionel regarde Ali avant d'ajouter :

« Heureusement que je n'ai pas d'amant... EN CE MOMENT. » Il adresse un clin d'œil à Nourine : « Je ne pourrais pas le cacher.

— Ce n'est pas drôle ! rouspète Ali, tandis que son compagnon éclate de rire avec leur voisine.

— Je plaisante, évidemment, finit par dire Lionel, avant de redevenir sérieux. Donc, d'abord, les numéros de soutien. Ensuite, tu as le temps de repérer les changements d'attitude, bien que… » Il réfléchit. « Si cela concerne bien une pensée suicidaire, la date indique que la personne est déjà prête à passer à l'acte.

— Oh, mon Dieu ! s'écrie Nourine.

— On a encore du temps devant nous ! rappelle Ali.

— Ne nous emballons pas, tempère Lionel de sa voix calme, pour l'instant, nous n'avons que des suppositions. Ce que j'essaie de dire, c'est qu'une personne dans une crise suicidaire arrivée au stade d'un scénario de départ est déjà prête à passer à l'acte. Si, ET SEULEMENT SI, cette pensée est bien une pensée suicidaire, alors il reste en effet du temps pour détecter cette personne en souffrance.

— D'accord, murmure Nourine.

— Prête attention aux conversations, continue Lionel. Dans certains cas, une personne peut appeler à l'aide de manière consciente ou inconsciente. Repère les changements d'attitude, par exemple un isolement… Je dois te prévenir que parfois, il est difficile de percevoir tous ces éléments, surtout si on n'est pas formé. »

Nourine baisse la tête et songe à Daoud.

« D'accord, je ferai attention à tout cela, répond-elle doucement.

— Et puis, ne t'inquiète pas, la rassure Lionel, il est fort probable que ce ne soit rien de grave, comme le pense Caroline.

— Et d'ici le 3 avril, ajoute Ali, tu auras trouvé le propriétaire de la pensée et même ce qui se cache derrière. Est-ce que ça t'aide, Nourine ?

— Oui. Oui, tout à fait, ça me soulage, j'ai tellement paniqué que je n'ai même pas pensé aux numéros de soutien. Je pourrais en mettre dans les casiers des profs, en distribuer aux élèves, et même poster des informations sur l'appli du lycée… Je ne devrais pas avoir de mal à obtenir l'autorisation de ma direction. Les parents d'élèves approuveront sans doute aussi », conclut-elle, apaisée.

Nourine restera encore une heure en leur compagnie à discuter de sujets plus légers.

Malgré la conversation avec ses voisins, la jeune femme reste inquiète et ne cesse de repenser à Daoud. *Avait-il montré des signes ?*

Ce soir-là, elle a prévu de rejoindre des amis, et elle se réjouit de les retrouver pour se changer les idées. Toutefois, la possibilité d'entendre une de leurs pensées la terrifie. Assise dans son canapé, elle songe à annuler sa soirée. Mais elle a trop envie de changer d'air et de penser à autre chose. Elle réfléchit un instant. Elle n'a pratiquement rien perçu depuis la veille. Sa mère et Ali sont convaincus qu'elle n'entend que ce qu'elle est censée savoir. Ses amis ont programmé un restaurant et un club de jazz juste après. « Le dîner ne durera pas plus d'une heure et ensuite, j'écouterai de la musique, se rassure Nourine. Si j'entends quelque chose, il me suffira de ne pas réagir et de ne rien commenter. » Convaincue, elle se lève d'un bond de son canapé pour aller prier avant de se préparer. Elle s'arrête devant son piano et s'interroge : *Daoud a-t-il dit quelque chose qui aurait pu me mettre la puce à l'oreille ?* Un voile de tristesse traverse son visage. Elle soupire longuement et se rend dans sa chambre. Elle n'a qu'une hâte, sortir et penser à autre chose.

Chapitre 17

Dimanche 15 mars

Nourine danse dans son peignoir de bain sur une musique pop qui crie dans les enceintes dans sa chambre. Elle n'est pas en rythme et elle s'en moque : elle danse surtout de la joie de n'avoir rien entendu depuis la veille au soir. La jeune femme et ses amis ont passé la soirée dans le restaurant dansant du centre-ville, ayant modifié leurs plans à la dernière minute, pour le plus grand plaisir de Nourine. Ils n'ont eu qu'à monter un étage après un dîner vite expédié pour se retrouver dans une salle obscure rétro, éclairée par des boules à facettes. Ainsi, Nourine a été assurée d'être suffisamment distraite par la musique pour ne pas prêter attention aux pensées éventuelles. Et cela a fonctionné ! Ce dimanche matin, en se déhanchant, elle espère qu'elle n'entendra rien non plus à la mosquée.

La mosquée, la jeune femme n'y va plus aussi régulièrement qu'avant, le dimanche. La famille Shafik fréquente la même mosquée depuis l'enfance de Nourine, ses parents n'ont pas tenu à en changer, même après leur déménagement. Un dimanche à la moitié du mois, les fidèles se réunissent pour une séance de *Dhikr*, le souvenir du Divin. Ils psalmodient les noms de Dieu. Parfois, des sujets chers au cœur des croyants sont discutés, débattus. Ces réunions du dimanche constituent surtout une bonne occasion pour les fidèles de se retrouver autour d'un buffet entre les sessions de récitations.

Mouloud, le père de Nourine, y officie comme imam par intérim depuis sa retraite. C'est la principale raison qui incite la jeune femme à faire le trajet jusqu'à la mosquée le dimanche. Les mines faussement tristes de certaines femmes, en particulier les plus âgées, face à son célibat, ont eu raison de son enthousiasme à se rendre dans ce lieu de culte, et la présence de ses bonnes copines n'y a rien changé. Pour la jeune femme, cela équivaut à en découdre avec une dizaine de Mme Milovitch, la belle-mère de Caroline. La veille, Nourine a confirmé sa venue à son père, ce dernier lui envoie toujours un SMS lorsqu'il conduit la prière dominicale.

La jeune femme enfile le boubou rose fuchsia qu'elle a choisi de garder de sa grand-tante Rose-Dalia après sa mort. *Il traîne un peu, mais une paire de hauts talons le rehaussera*, se rassure-t-elle. Elle veut absolument le porter ce jour-là. Elle a le sentiment que sa grand-tante la soutiendra dans l'enceinte de la mosquée si elle est assaillie par les attaques de ces femmes curieuses. Elle couvre ses cheveux avec un foulard d'un camaïeu de rose noué en turban, puis elle cherche une boîte de dattes qu'elle garde en stock pour des occasions ou des visites de dernière minute. Elle chausse sa paire de hauts talons noirs vernis, enfile son long manteau et la voilà partie.

L'ascenseur s'ouvre, Laura, sa jeune voisine, s'y trouve, les yeux rivés sur son écran de téléphone.

« Bonjour, Laura ! lance Nourine en pressant sur le bouton pour le parking.

— Oh ! bonjour, Nourine, répond-elle, visiblement ravie de la voir, j'espérais bien te croiser, j'étais à ton lycée, vendredi.

— Oui, je t'y ai aperçue, tu es partie avant la fin.

— Oui, c'est vrai, Marc devait assister à une réunion et je devais l'aider… Un truc informatique, sourit-elle.

— Alors… toi et Marc…

— Non ! Non, c'est juste un pote de fac », s'empresse de clarifier Laura.

L'ascenseur s'arrête au rez-de-chaussée, Nourine suit l'étudiante hors de la cabine et s'arrête. Laura l'imite, avant de poursuivre :

« D'ailleurs, la dernière fois qu'on s'est vues, j'ai voulu te demander si tu travaillais au lycée Merlo, histoire de t'annoncer que j'allais venir, mais finalement, je n'ai rien dit.

— Ah, oui ! »

Nourine se remémore la pensée entendue en sortant de chez Ali.

« Marc m'avait dit qu'un prof d'éducation civique organisait une intervention avec le Pr Delgado.

— Tu le connais ?

— Bien sûr ! Qui ne le connaît pas ? Pour les étudiants qui choisissent sa matière en option mineure, il y a une liste d'attente, alors, avec Marc, on voulait voir ce que c'était qu'un "cours Del-ga-do", rit-elle.

— Tu m'as l'air en meilleure forme que la dernière fois que je t'ai croisée dans l'immeuble ! remarque Nourine.

— Ah… oui ! » Le visage de la jeune femme s'assombrit subitement. « C'est juste que les parents me prennent un peu la tête en ce moment avec mes études.

— Ah bon ?

— J'aimerais poursuivre en génie mécanique, et eux voudraient quelque chose de plus classique ou de MIEUX, à leurs yeux, en tout cas… Comme le journalisme… j'imagine. »

Elle lève les yeux au ciel.

« Je vois. »

Nourine repense subitement à Daoud et à son oncle.

« Je n'ai pas envie de les décevoir, continue Laura, et en même temps, je me dis que c'est ma vie… D'un autre côté, ils paient mes études, alors… » Elle s'interrompt et observe Nourine. « Oh ! tu allais au parking, peut-être ?

— Oui, je descendais au parking. Je peux te déposer quelque part, je vais à la mosquée.

— Non, je vais prendre le train, rejoindre… Marc.

— Hum, Marc, ton POTE de fac, sourit malicieusement Nourine.

— Je m'en contente pour l'instant, sourit l'étudiante.

— Il ressent sans doute la même chose que toi, tu sais.

— Tu crois ? s'enthousiasme Laura.

— Pourquoi aurait-il accepté de te voir un DIMANCHE ?

— Ouais… c'est vrai, sourit Laura. On verra bien ! lance-t-elle en marchant vers la sortie. Bon après-midi, Nourine !

— Amuse-toi bien, Laura ! »

Nourine reprend l'ascenseur pour le parking. *Laura pourrait-elle être cette personne qui pense au suicide ?... Non, pas avec Marc dans sa ligne de mire. Et je suis sûre que c'est réciproque…* Nourine se sent rassurée à cette idée. « Je dirai à Caroline qu'on peut les rayer de la liste », se félicite-t-elle. Elle met le contact de sa voiture, direction la mosquée.

* * *

Au moment de franchir la grande et large porte d'entrée de la mosquée, Nourine s'interroge sur la rationalité de sa venue dans ce lieu grouillant de monde. *Mais à quoi je pensais ? C'est de la folie, Nourine !* Avant ce vendredi 13, cela l'aurait amusée d'entendre les pensées dans son lieu de culte. Aujourd'hui, elle ne veut pas connaître les tracas de chacun, elle a l'impression de s'immiscer dans la vie privée des gens. Elle tente de positiver en pensant à la perspective de retrouver ses copines. *Je pourrais leur parler de ce qu'il m'arrive.* Elle traverse le grand hall d'entrée, silencieux, décoré de différents tableaux couverts de calligraphie. En passant les escaliers qui conduisent aux salles de cours, elle se remémore les leçons qu'elle donnait aux enfants, des mois auparavant. Ses talons claquent sur le sol couleur marbre, elle essaie de marcher sur la pointe des pieds afin de ne pas briser le silence du hall et ne pas se faire remarquer. Elle atteint une porte vitrée qui s'ouvre devant elle. Derrière fourmillent des fidèles : femmes et hommes dans des tenues révélant leur ascendance, boubous colorés et robes longues de style français des années 1910 pour les premières, djellabas blanches ou kamis, vêtement typique de l'Asie du Sud-Est, pour les hommes. Les « *salam aleykoum* » fusent de toute part de la pièce. Certains sont assis sur des banquettes couvertes de tissu, ils retirent leurs chaussures. Le bruit des portes des casiers en bois ciré, fixés tout le long des murs du vestibule, retentit à mesure que les fidèles y engouffrent leurs souliers. Des enfants courent dans la pièce, des adultes leur demandent d'arrêter de s'agiter. Certains de ces enfants s'interrompent pour saluer Nourine et lui demander de revenir leur enseigner la religion, ce à quoi elle répond de manière évasive : « On verra ! »

La jeune femme scanne rapidement les lieux à la recherche de ses bonnes copines. Son regard s'oriente vers l'entrée de la salle d'ablutions pour femmes, à l'opposé de celle des hommes. N'en voyant aucune, elle prend une grande inspiration et se fraye un passage pour atteindre l'un des bancs. Elle répond aux salutations des fidèles sur son passage. Sur le banc à côté du sien, des femmes sexagénaires, leurs chaussures à la main, bavardent.

« Nourine Shafik ! *Salam aleykoum*, lance l'une d'entre elles, ça fait longtemps qu'on ne t'a pas vue ici !

— *Wa aleykoum salam*, répond Nourine en se déchaussant.

— Elle est venue voir son papa, *machaAllah*[1], s'attendrit une autre.

— C'est bien, ma fille, ajoute une autre femme, un grand sourire aux lèvres.

— Tu t'es mariée ? », demande une troisième en scrutant Nourine de bas en haut et en fronçant les sourcils.

Ça y est… ça commence ! se dit Nourine.

« Non, je ne suis pas mariée.

— Elle le sait très bien, Nourine, précise une quatrième femme beaucoup plus âgée, assise sur un banc plus loin. Ne te précipite pas, tu as raison, ma grande… Le mariage, c'est que des problèmes, finit-elle en se dirigeant vers l'un des casiers.

— Laissez nos filles tranquilles avec ça », intervient un vieil homme en train d'y ranger ses affaires. Il se retourne, laissant apparaître son visage ridé et mouillé par les ablutions. « Mes sœurs, reprend-il, c'est Dieu qui décide, de toute façon ! »

Il adresse un clin d'œil à Nourine avant de s'éclipser, la jeune femme sourit.

Nourine abandonne les femmes derrière elle. Elle prend une grande inspiration et pousse la porte de la grande salle de prière. Une vague de quiétude l'envahit. Le tumulte du vestiaire laisse place à l'esprit de recueillement. Seuls des chuchotements sont audibles dans cette vaste salle. Un

---

[1] Expression signifiant « ce que Dieu veut ». Les musulmans l'utilisent pour se prémunir du mauvais œil.

grand lustre suspendu décore, plus qu'il n'éclaire : à cette heure de la journée, le soleil irradie la pièce, dévoilant la beauté des tapis soyeux dans des tons bleus. Nourine enfonce ses pieds dans le doux tapis. Elle observe un groupe de personnes non loin du centre de la salle. Elle s'apprête à s'avancer pour aller voir qui sont ces personnes, mais une femme au teint noir, boubou bleu et coiffe grise, se précipite sur elle, un sourire radieux sur le visage. Une femme ronde aux yeux en amande, les cheveux dans un béret noir, lui emboîte le pas ; elle porte une longue tunique sur un pantalon flottant noir. Ce sont ses copines de la mosquée, Marie-Louise et Niari.

« Nourine ! chuchote la première en la prenant dans ses bras.

— Marie-Louise, Niari, *salam aleykoum*, dit-elle en les enlaçant.

— *Wa aleykoum salam*, répondent-elles.

— Alors, tu as réussi à passer le barrage ? rit Marie-Louise en indiquant du regard le vestiaire.

— Oui, le cheikh Mourad a mis un terme… à l'interrogatoire, ironise Nourine.

— Tu imagines ! Je pensais qu'après mon mariage, je n'y aurais plus droit, ajoute Niari… Tu parles ! Maintenant, elles scrutent mon ventre. »

Les trois femmes étouffent leurs rires en portant leur main à leur bouche.

« Que se passe-t-il là-bas ? demande Nourine en montrant le groupe au centre de la salle.

— C'est ton oncle Moshem, annonce Marie-Louise, ça faisait longtemps qu'il n'était pas venu un dimanche, un peu comme toi.

— Ah oui ! », lâche mécaniquement Nourine en s'approchant un peu du groupe, suivie de ses copines.

La jeune femme aperçoit son oncle aux côtés de son père, il serre des mains. Quelques hommes et femmes se pressent pour le saluer et lui demander des nouvelles. Un carillon dans sa tête, puis : « *En tout cas, l'accueil est meilleur.*

— Oui, c'est vrai, l'accueil aujourd'hui est meilleur », confirme-t-elle sans réfléchir, trop absorbée par la scène avec son oncle.

Marie-Louise jette un œil surpris à sa camarade qui continue d'observer son oncle. Nourine le devine mal à l'aise derrière son sourire et ses lunettes rondes. Il remet ses mains dans son dos sitôt une main serrée, et regarde son frère, Mouloud, de temps en temps. *Pour se rassurer*, songe-t-elle. La jeune femme imagine qu'il appréhende des remarques désobligeantes. Une fois découvert que l'« accident » de Daoud était une tentative de suicide, des fidèles ont afflué à l'hôpital pour offrir des sermons et des conseils non sollicités au cousin de Nourine. Certains fidèles ont pris le père à partie à la mosquée : « C'est bizarre ! Il était pieux, soi-disant ! » ou « S'il avait été marié, ça ne lui serait jamais venu à l'idée de faire une chose pareille ! » Certains parents ont retiré leurs enfants des cours religieux dispensés dans la mosquée, en particulier de celui de Nourine : ils ne voulaient pas qu'ils « finissent comme Daoud ». Puis Moshem a interdit les visites sur demande de son fils, son enfant unique. Il a fini par ne plus venir prier qu'occasionnellement à la mosquée, c'était donc à Nourine ou à son père que certaines personnes adressaient leurs commentaires. D'autres évitaient soigneusement « la cousine très proche de Daoud », « la cousine de celui qui a tenté de se suicider ». Aujourd'hui, l'image de son oncle entouré de personnes heureuses de le voir lui fait chaud au cœur. *Un revirement total*, pense-t-elle.

« D'habitude, on le voit seulement aux Aïd[1], commente Marie-Louise, mais…

— Il ne fait que prier et repartir », termine Nourine, comprenant d'un coup à quel point venir a dû être difficile pour Moshem.

« *Pour son oncle, ça a dû être compliqué, alors imagine pour Daoud !* capte-t-elle.

— C'est certain, ce doit aussi être compliqué pour Daoud, mais il n'est jamais revenu, que je sache », remarque Nourine, regrettant immédiatement cette réflexion à voix haute, réalisant qu'elle a seulement « perçu » cette phrase. Marie-Louise la dévisage bouche bée, puis la détaille de bas en haut, s'attardant sur son boubou sous le regard interrogateur de Niari.

« Ouiii, c'est ça ! », s'exclame Marie-Louise à voix haute avant de chuchoter en désignant la robe de Nourine de l'index : « C'est ton boubou ? »

---

[1] Fêtes marquant la fin du jeûne du ramadan et rappelant le sacrifice d'Abraham.

— Mon boubou ? s'étonne Nourine en tentant de garder son ton de voix le plus bas possible.

— Il me rappelle ta grand-tante, Rose-Dalia.

— Aaah ! soupire Nourine. C'était le sien, je l'ai pris à sa mort, en souvenir.

— Ah ben voilà ! C'est ça ! J'ai ressenti cette sensation bizarre que j'avais quand j'étais à ses côtés, j'avais toujours l'impression qu'elle devinait mes pensées, grimace Marie-Louise.

— Oui, oui, réagit Niari en chuchotant, elle me faisait un peu peur. Je n'aimais vraiment pas être à côté d'elle… Désolée, dit-elle en posant une main sur le bras de Nourine, surprise.

— Mais tu ne te souviens pas, Nourine ? interroge Marie-Louise. On restait toujours loin d'elle parce qu'on la trouvait un peu bizarre. »

Nourine réfléchit, puis se rappelle progressivement qu'à la mosquée, elles ne voulaient pas tomber sur elle comme professeure de lecture coranique. Les autres adolescents se plaignaient qu'elle voyait tout. Nourine est surprise d'avoir oublié ce détail. *Vu que je continue d'entendre ces pensées, il faut que je leur en parle.* Elle ouvre la bouche pour proposer un rendez-vous à l'extérieur de la mosquée après l'office, mais Marie-Louise s'exprime la première :

« Ne remets plus cette robe, Nourine, ça me met mal à l'aise, plaisante-t-elle à peine.

— Ça NOUS met mal à l'aise », corrige Niari en ricanant doucement.

Nourine se force à sourire. Elle est déçue. Elle sait désormais qu'elle ne peut rien leur révéler.

La pièce se remplit maintenant rapidement. Nourine se dépêche d'aller saluer son oncle et son père à ses côtés, avant qu'il n'enjoigne à l'assistance de se positionner pour la prière. Son oncle est ravi de la voir : il la serre fort dans ses bras. Hormis au moment des prières de fêtes à la mosquée, Nourine ne voit plus son oncle. Lorsque Daoud a demandé à Moshem de faire cesser toutes les visites à l'hôpital, la jeune femme discutait brièvement avec lui au téléphone pour s'enquérir de l'état de son cousin, qui refusait également tout appel. À l'époque, elle n'avait pas compris cette décision, qui l'avait mise en colère. Pourquoi, elle qui était très proche de lui, se voyait-elle aussi refuser tout appel téléphonique et tout SMS ? Son frère l'avait mise sur la voie lors d'une discussion tendue : Nikolas trouvait inopportuns les discours moralisateurs des visiteurs à Daoud pendant sa convalescence. « Il a besoin de soutien, pas de morale ! », lui avait-il hurlé. Elle n'avait pas accepté cet argument, parce qu'elle faisait partie de ces visiteurs moralisateurs. Une fois Daoud dans une maison de repos, les liens avec son oncle et son cousin s'étaient distendus jusqu'à rompre.

Rose-Amina rejoint Nourine au moment où son père se dirige vers son poste au minaret, pour chanter l'appel à la prière :

« Tout va bien, ma chérie ? Avec tout ce monde ? chuchote sa mère en lui adressant un clin d'œil.

— Oui, on peut dire que ça va pour l'instant », répond Nourine en essayant de masquer sa double déception. Elle est néanmoins surprise par la décontraction de sa mère. Celle-ci ne lui semble pas inquiète à l'idée qu'elle entende ses pensées.

« Et toi, *Oummi*, ça va ? Tu ne crains pas de te tenir à mes côtés ?

— Non, ça va, sourit sa mère, je me suis souvenue que Rose-Dalia nous disait n'avoir jamais rien entendu de ses parents.

— Ah… je vois. T'es contente, hein, *Oummi* ? taquine Nourine.

— Dieu fait bien les choses, *binti* Nour.

— Je suis tout à fait d'accord avec toi… Tu sais, ça fait plaisir de voir oncle Moshem, et visiblement, ce plaisir est partagé par beaucoup de monde, se réjouit Nourine.

— Oui, et c'est un peu grâce à ton père. Tu te souviens des conférences avec Abdel-Malik ?

— Ah oui ! »

Elles sont interrompues par l'appel à la prière chanté par Mouloud. Nourine le regarde entonner les paroles qui invitent à la glorification de Dieu. Elle se rappelle les séries de discussions sur la santé mentale que son père avait accepté d'organiser sur la suggestion d'un fidèle, Abdel-Malik. Psychologue, ce dernier avait discuté avec Mouloud quelques semaines après la tentative de suicide de Daoud, et l'avait convaincu de la nécessité de telles conférences. Nourine avait pris part à deux des quatre qui avaient été tenues. Une fois qu'Abdel-Malik avait expliqué que de la souffrance se cachait derrière un suicide ou une tentative de suicide, Nourine avait cessé d'y assister. Elle s'en voulait de n'avoir pas vu celle de Daoud et ne voulait rien entendre qui puisse la culpabiliser davantage. Aujourd'hui, elle regrette cette décision.

Chapitre 18

Lundi 16 mars

Dès son arrivée au lycée, Nourine demande l'autorisation à la direction de mettre à disposition en dehors de l'infirmerie les numéros de téléphone de services de prévention à destination des élèves, en prétextant que cela pourrait aussi servir à Liam. Lorsque la CPE, Mme Ibramovitch, suggère à la place l'organisation d'une conférence sur le sujet avec des intervenants pour l'année scolaire suivante, Nourine approuve, mais insiste pour obtenir de mettre des numéros à disposition. Elle pense que « le 3 avril » ne pourra pas attendre l'année scolaire suivante.

Nourine est aux aguets. Avec Caroline, elles ont convenu d'observer attentivement les élèves. Ceux de troisième A déposent, comme à l'accoutumée, leur téléphone portable dans le casier prévu à cet effet près du bureau de Nourine. Celle-ci le referme à clé dès que les adolescents ont pris place. Deux élèves en profitent pour jeter un coup d'œil rapide sur le bureau de leur professeure. Ils ont repéré une pile de feuilles avec des questions. Une interrogation leur pend au nez. La rumeur du contrôle circule rapidement dans les groupes. Nourine met son téléphone sur silencieux, du moins le pense-t-elle. Elle devine qu'un élève s'est montré indiscret lorsque les murmures montent de volume tandis qu'elle regagne son bureau. Chaque élève se tient droit, le regard posé sur leur professeure d'éducation civique, imaginant éviter l'examen surprise.

« Alors comme ça, vous pensez éviter l'interrogation en bloquant votre dos ainsi ? »

Nourine les imite, droite comme un I dans son tailleur bleu, chemise blanche, les cheveux relevés et la tête exagérément tendue vers le haut. Certains élèves pouffent de rire.

« Le contrôle aura bien lieu, mais je vous en prie, gardez cette posture, c'est très bien pour votre dos », poursuit-elle en s'installant.

Des lamentations envahissent la salle, les visages se ferment.

« Sortez une copie double en silence, s'il vous plaît. »

Les élèves s'exécutent, non sans rouspéter à voix basse. C'est à ce moment que Nourine entend une salve de tintements, et des pensées l'assaillent : « *Oh ! je n'ai même pas révisé…* » ; « *C'est toujours comme ça !* » ; « *Comme par hasard…* » ; « *Ah ! elle nous avait prévenus, bien fait pour ceux qui ne révisent pas* » ; « *Le 3 avril, je* »… Nourine sursaute à cette dernière pensée. Elle n'entend rien d'autre. Elle balaie d'un regard la classe. Livide, elle scrute les visages. Elle lit la colère sur la plupart des figures, excepté sur celle de Fanny, à la mine réjouie. Nourine n'a pas de mal à deviner qu'elle est la propriétaire de la pensée ravie de l'interrogation. Les élèves redressent peu à peu la tête. Ils attendent les copies.

« Vous allez bien, madame Shafik ? demande Liam, sortant Nourine de sa torpeur. On dirait que vous avez vu un fantôme. »

Les élèves gardent le silence.

« Oui, c'est vrai madame, lance Nina, une élève aux cheveux noirs coupés au carré installée à côté de Slimane.

— Merci de vous en inquiéter, rassure Nourine, un léger sourire aux lèvres. Tout va bien... je vais vous distribuer les copies. »

Les élèves échangent des regards dubitatifs. D'habitude, Nourine dépose sur une table le nombre de copies pour un groupe et les feuilles circulent ; cette fois, elle les distribue une à une dans chaque groupe. Elle veut observer les visages et attitudes de chaque élève, dans l'espoir de découvrir le propriétaire de la pensée au sujet du 3 avril. *Caroline me dirait qu'il n'y a pas matière à s'alarmer, mais on ne sait jamais*, pense-t-elle.

Elle considère le groupe de Liam, observe les élèves un à un. Il lui semble qu'eux aussi l'observent. Chaque élève cherche lui aussi un indice de ce qui la tourmente. Elle passe dans le groupe de Slimane : « *Elle a l'air bien pourtant...* » ; « *Elle est trop bizarre aujourd'hui* », entend-elle. Elle croise le regard de Nina, les yeux gris de la jeune fille paraissent fouiller quelque chose au fond des yeux de sa professeure. Nourine sourit légèrement, puis passe au groupe suivant, celui de Fanny, « Miss Sourire » comme l'a surnommée Caroline. Sauf qu'à ce moment précis, Fanny ne sourit pas, elle a l'air inquiète. Comme Nina, elle semble chercher au fond des yeux de Nourine une explication à son attitude inhabituelle, puis finalement sourit avec compassion pour remonter le moral de son enseignante, ce qui amuse et attendrit Nourine. La jeune femme s'apprête à parler, mais une musique retentit. Le son monte progressivement.

« Quelqu'un a oublié d'éteindre son portable ou de le mettre sur silence ! s'étonne-t-elle, avant de reconnaître sa sonnerie. Oups ! c'est le mien, *mea culpa.* »

Nourine court vers son sac, qu'elle saisit rapidement. Elle y plonge la main et en sort précipitamment le téléphone. Elle coupe la sonnerie sans prêter attention au nom affiché sur l'écran, elle le met sur silencieux. Le tout sous les regards déconcertés de ses élèves. Lorsqu'elle relève la tête, la stupéfaction sur les visages la désoriente un peu. « *Elle va pas bien aujourd'hui...* » ; « *Trop bizarre, la prof !* » ; « *Elle n'oublie jamais d'éteindre son téléphone...* » ; « *Elle a des soucis, je crois.* » En percevant cette dernière pensée, Nourine reprend ses esprits et réagit :

« Oui, les professeurs aussi ont parfois des soucis ! »

À cette remarque, les élèves se détendent.

« Rien de grave, j'espère, madame ! On peut en parler, si vous voulez », annonce Liam, presque sérieux.

La salle ronronne d'approbation.

« Merci de votre sollicitude, mais on va poursuivre le programme du jour, donc interrogation. »

Elle reprend la distribution des copies au son des clochettes : « *Oh ! dommage, on aurait pu éviter ce truc…* » ; « *Oh ! Liam aurait dû insister, j'ai pas envie de faire cette interro…* » ; « *Peut-être qu'elle s'est fait larguer…* » ; « *Un problème avec son mec…* »

« Bon, ça suffit les spéculations ! s'exclame Nourine, exaspérée. Je vais bien !

— Vous lisez dans les pensées, madame Shafik ? », se risque Liam, sous les regards pleins d'admiration de ses camarades, à l'exception de Slimane qui lui jette un regard mauvais. Il est déçu de voir Makeba, la plus jolie fille du lycée à ses yeux, une jeune élève au teint noir toujours coiffée de longues tresses, boire les paroles de Liam.

« Comme tous les professeurs, sourit-elle. Allez, maintenant, au travail. Vous avez les quarante minutes restantes, bon courage ! »

Nourine s'installe à sa table, soulagée d'avoir un instant de silence. Elle dévisage chaque élève. Malgré ce dernier moment de légèreté, elle est accablée de savoir qu'un élève de quatorze ans de sa classe projette peut-être de mettre fin à ses jours. *Ce ne peut être que ça !* réfléchit-elle. *Pourquoi penser au 3 avril, sinon ? Ne sois pas ridicule, Nourine, ce n'est qu'une date ! C'est juste une date, Caroline me le dirait, la date d'un rendez-vous chez le dentiste ou que sais-je. Peut-être que l'élève pensait :* « *Le 3 avril, je vais chez le médecin* »… *Ben oui, c'est sûrement ça !* Au lieu de corriger des copies et de passer entre chaque groupe pour surveiller les adolescents, la jeune femme reste assise à observer ses troisième A un à un. *Et si j'avais raison ? Si c'était bien la même personne que dans le réfectoire ?*

Deux minutes avant le retentissement de la première sonnerie, Nourine met un terme à l'interrogation et demande au chef de groupe de lui apporter les copies. Très vite, le bruit des trousses et des sacs qui se ferment s'élève et couvre la sonnerie. Mais contrairement à leur habitude, les élèves ne se précipitent pas à l'extérieur de la classe après le signal de la professeure en criant leur au revoir. Cette fois, chacun d'eux prend le temps de regarder Nourine pour la saluer, même Slimane a levé les yeux. Certains, comme Fanny et Nina, lui souhaitent de bien se reposer. Nourine les regarde partir : *Ah ! ils sont gentils de se soucier de mon état.* Le groupe de Liam attend et s'avance vers elle, Jalil, le bon copain de Liam, ose la question :

« C'est vrai que vous vous êtes fait larguer, madame Shafik ? »

Nourine réprime un fou rire avant d'accompagner les élèves vers la sortie.

« Allez, madame Shafik, vous pouvez nous le dire, on est inquiets, vous savez ! souligne Liam en ajustant son sac qui semble plus jaune que d'habitude.

— Messieurs, c'est l'heure de la pause. Gardez vos questions indiscrètes, mais c'est gentil de vous inquiéter. »

Les élèves n'insistent pas et sortent en riant, spéculant encore.

L'élève se trouve-t-il parmi ce groupe ?

Nourine prend son sac, elle veut rejoindre Caroline au plus vite.

Chapitre 19

L'odeur du café chaud flotte déjà dans la salle des professeurs, quelques enseignants se trouvent autour de l'îlot, d'autres en petit groupe discutent ou grignotent sur des sièges. Malika, la doyenne, toujours au fond, échange avec la conseillère d'éducation, Mme Ibramovitch. Philippe Garcia, comme à son habitude, reste un peu en retrait, une tasse de café à la main. Nourine cherche Caroline du regard. Ne la voyant pas, elle rejoint Franck et la professeure d'anglais, Sofia Angor, une femme fraîchement divorcée, qui vient tout juste de passer les quarante ans, moyenne de taille, dont les cheveux noirs coupés court lui forment comme un rideau sur le front. Leurs mines sont sérieuses.

« Ça peut aussi cacher quelque chose, on ne sait jamais, indique Mme Angor.

— Tu as raison… Ah ! Nourine, dit Franck en découvrant la jeune femme à ses côtés, on parle de Liam. Sofia a remarqué qu'il n'était pas concentré dans sa classe, contrairement à son habitude. Par contre, dans la mienne, il l'était.

— Dans la mienne aussi, précise Nourine.

— Je disais qu'il peut aussi se forcer à paraître bien pour ne pas être embêté, explique Sofia en secouant légèrement son rideau de cheveux.

— C'est possible », acquiesce Nourine.

Tout en fouillant brièvement la pièce, elle note mentalement de surveiller Liam de plus près. Caroline vient d'entrer, elle balaie la salle du regard. Nourine la hèle. Elle remarque la bonne humeur de son amie, il lui semble qu'elle reprend des couleurs depuis qu'elle mène l'enquête avec elle.

« Alors, du nouveau dans cette salle ? », chuchote Caroline après avoir salué Franck et Sofia, déjà sur un autre sujet de conversation.

Les jeunes femmes se sont mises d'accord pour observer et analyser les comportements de leurs collègues.

« Du nouveau, oui, mais pas dans cette salle.

— Ah oui ?

— …

— Vas-y, raconte, murmure Caroline, tandis que d'autres collègues rejoignent Franck et Sofia.

— J'ai entendu…

— Tiens ! s'écrie Franck, interrompant Nourine dans sa lancée, d'habitude, Kobène saute sur toutes ces questions. Où est-il ?

— Il continue de remplir ses candidatures pour un poste à la fac, explique calmement Caroline.

— Il suit les traces de son père, il veut devenir professeur d'université, commente Franck.

— Je croyais qu'il avait eu un entretien qui s'était plutôt bien passé dernièrement, ajoute Sofia en s'assurant que son rideau de cheveux est bien en place sur son front.

— Ça ne s'est peut-être pas bien déroulé finalement, avance Kévin tout en ajustant ses lunettes.

— Ou bien je n'ai pas encore reçu de réponse ! », clame haut et fort Kobène en faisant son entrée, les mains dans les poches de son pantalon et sa besace sur l'épaule.

Il rejoint le groupe autour de l'îlot sous les yeux admiratifs de Sofia. Nourine remarque que la professeure d'anglais a les mains en permanence sur son rideau de cheveux, et qu'elle dévore Kobène des yeux. Elle étudie ensuite celui-ci. *Finalement, il s'agit peut-être juste d'une date de départ du lycée. Ou pas,* songe-t-elle.

« Explique-toi, dit Franck.

— Eh bien, l'université Marco correspond à ce que je recherche. J'espère qu'ils communiqueront rapidement leur réponse. Je n'ai plus que deux semaines pour donner mon préavis. »

Nourine le sent inquiet, ce qui n'est pas dans ses habitudes. Il lui rappelle son cousin des mois avant sa tentative de suicide, il se posait des questions sur son avenir et ses relations de plus en plus tendues avec son père. La jeune femme pense un instant que Kobène ressent une pression, étant donné que son père enseigne les mathématiques à l'université. À cet instant précis, elle veut encourager son collègue.

« Tu auras une réponse d'ici là », ose-t-elle en souriant.

Kobène se force à sourire en hochant la tête.

« Oui, avant le 3 avril au plus tard, sinon… »

« *Eh bien, même Nourine n'arrive pas à le rassurer, c'est qu'il est très inquiet* », pense quelqu'un.

D'abord étonnée, Nourine cherche aussitôt de qui cela pourrait venir. Elle s'arrête sur le regard de Caroline qui lui lance : « Tu vois ! Je te l'avais bien dit. » *Elle a raison, une réponse à une candidature avant le 3, c'est peut-être l'explication*, se rassure-t-elle. Néanmoins, à l'heure du déjeuner, elles iront rendre une petite visite au Pr Delgado pour le « rayer de la liste ».

La première sonnerie retentit. *Ah, mince ! Je parlerai de la troisième A sur la route !*

* * *

Nourine et Caroline ne disposent que de deux heures pour faire l'aller-retour jusqu'à la prestigieuse université Zarabel dans le centre de Gefflait. Elles s'accommoderont de sandwichs achetés dans le restaurant de l'université. Sur le chemin, les deux femmes comparent leurs premières impressions sur l'attitude de leurs collègues et des élèves.

« Liam doit figurer sur la liste, commence Nourine, Sofia ne le trouve pas concentré en ce moment, contrairement à Franck… et à moi. Jusqu'à maintenant, nous le trouvons plutôt bien, vu les circonstances.

— Oui, il faut de toute façon garder un œil sur lui, même s'il n'y a sans doute plus de liste… Tu as entendu Kobène, ça colle, tout de même : "Avant le 3... Partir... Quitter ce monde." Ce monde du lycée.

— Oui, mais comment en être sûres ? » Nourine voit Caroline hausser les sourcils, dubitative. « Tu sais bien que son père est professeur d'université aussi, peut-être qu'il veut l'impressionner...

— Tu as sans doute raison, on doit en avoir le cœur net, capitule Caroline, devinant qu'elle fait le parallèle avec son cousin.

— Il y a autre chose. J'ai entendu des pensées dans ma troisième A.

— Ah ? C'est ce que tu voulais me dire tout à l'heure, alors ?

— Quelqu'un a pensé au 3 avril. »

Caroline laisse échapper un petit rire.

« Oui, je sais, maintenant que je l'ai dit à haute voix, ça semble totalement ridicule, se plaint Nourine.

— Sauf si c'était un projet clair de suicide.

— Non ! c'était juste la date. Oh ! tu as raison, reconnaît Nourine, ça pouvait tout aussi bien être la date d'un rendez-vous chez le médecin ou je ne sais où.

— Tout à fait ! D'ailleurs, puisqu'il y a de nouveau... une liste, sourit la professeure de philosophie, j'ai une élève dans ma première B, Daria, qui vient d'être quittée par son copain, ajoute Caroline, les yeux sur la route. Apparemment, d'après ce que j'ai entendu, il est maintenant avec la meilleure amie de... Daria, en première A.

— Aïe, quelle histoire ! grimace Nourine. C'est un coup dur, surtout pour une ado, avec toutes les émotions en ébullition.

— Hum, je suis d'accord, si jeune et déjà des histoires compliquées…

— Et Kobène ? lance Nourine.

— Quoi, Kobène ? Tu veux le mettre sur la liste ? Encore ? Tu l'as entendu, ça colle, finalement, je sais ce que tu as dit au sujet de son père prof d'université qu'il veut impressionner, mais il est peut-être simplement inquiet pour ses candidatures. Tu imagines, il a un préavis à donner.

— Oui, d'accord. » Nourine marque une pause. « Seulement je le trouve… différent.

— Différent ? Différent comment ? »

Au feu rouge, Caroline fixe Nourine avec curiosité.

« Il semble ailleurs, il se comporte de manière inhabituelle, je le trouve… hum, comment dirais-je, je le trouve… euh… moins confiant, moins sûr de lui.

— Ah ! Alors, tu le trouves confiant, sûr de lui… Intéressant », taquine Caroline avant de redémarrer au feu vert.

Nourine lève les yeux au ciel avec un petit rire.

« Bon, à surveiller, conclut Caroline.

— Si j'ai bien compris Lionel samedi, il ne faut écarter personne, surtout ceux qui ont un comportement inhabituel, insiste Nourine…

— Oui ! Oui, Nourine ! », convient son amie mi-exaspérée, mi-amusée, un sourire en coin.

Nourine ne se formalise pas, elle est ravie de retrouver un peu la bonne humeur de son amie. *L'enquête l'empêche visiblement de réfléchir à ce qui la tracasse*, songe Nourine avant de reprendre :

« Que penses-tu de Malika ?

— Malika ?

— Sa bonne humeur peut aussi masquer quelque chose, réfléchit Nourine à haute voix.

— Tu as raison, personne ne doit être écarté.

— Y compris M. Grincheux. Même si c'est son état normal. »

Les deux femmes éclatent de rire.

* * *

Nourine serre fermement le sac dans lequel elle a rangé une boîte de biscuits cuits la veille à son retour de la mosquée. Elle marche d'un pas rapide dans les couloirs du deuxième étage de l'université, dans le département de sociologie. Caroline se charge d'acheter des plats à emporter dans le restaurant de cette aile de l'établissement. Les petits talons des bottines de Nourine claquent sur le sol blanc ciré qui reflète presque sa silhouette. Elle se dirige droit vers le bureau de M. Delgado. Ce dernier lui a confirmé qu'il s'y trouverait entre midi et deux heures.

Nourine lit les plaques dorées placardées sur les grandes portes en bois : M. Léon Ismaël, P^{re} Natalie Prince, D^{re} Simone Wafa. Elle s'est rendue une fois dans le bureau du professeur, après que sa mère lui a obtenu le rendez-vous pour l'intervention au lycée. Le reste des discussions se sont déroulées par écran interposé. Contrairement à son père, M. Delgado préfère ces nouveaux moyens de communication, « utiles et alliés du gain de temps ». Les photos d'anciens professeurs fixées au mur défilent à mesure que Nourine avance, exactement comme dans l'aile des lettres où travaille maintenant à mi-temps sa mère. Son père, lui, a désormais sa photo dans cette prestigieuse université, au département des religions.

Nourine s'arrête devant un bureau dont la porte est restée ouverte. Une plaque indique « M. Delgado – Professeur de sociologie ». Elle voit une longue table sur laquelle s'étalent des livres ouverts, des papiers, deux ordinateurs portables allumés avec, au milieu, un plateau de tasses de café. Des chaises inoccupées sont éparpillées comme si une réunion avait été interrompue subitement. La pièce lumineuse révèle des bibliothèques débordant d'ouvrages jouxtant des fauteuils en cuir. Près de la grande fenêtre, Nourine aperçoit M. Delgado assis à un grand bureau aussi désordonné que la table. Les manches de chemise retroussées, les lunettes sur le nez, les yeux rivés sur l'écran d'un ordinateur portable, il prend des notes sur un cahier. La jeune femme se remémore sa mère à son bureau, placé également près de la fenêtre, avec sa bibliothèque pleine de livres impeccablement ordonnés par thèmes et par ordre alphabétique. Elle songe aux nombreuses fois, pendant qu'elle était étudiante, où elle s'est arrêtée pour voir sa mère et prendre le thé, installée dans le petit salon que Rose-Amina s'était constitué dans son vaste bureau.

« Ah ! Nourine Shafik, vous voilà. Entrez, entrez ! », s'écrie-t-il en se levant pour lui serrer la main chaleureusement. Il lui indique un fauteuil en face de son bureau.

« Bonjour, monsieur Delgado, merci, mais je ne peux pas rester longtemps, mon amie m'attend et j'ai cours dans une heure.

— Très bien ! Très bien ! »

Nourine lui tend la boîte de gâteaux promis dans son e-mail. Malgré les explications de ses parents, Nourine veut s'assurer par elle-même qu'il doit être rayé de sa liste.

« Merci beaucoup, Nourine », dit-il en en ouvrant la boîte. Il hume. « J'en ai l'eau à la bouche, je me sers. » Nourine le regarde se fendre de plaisir en avalant une bouchée. « Oh ! je n'aurais peut-être pas dû en goûter tout de suite, il risque de ne plus en rester pour ma femme ! rit-il.

— Ma mère m'a dit que vous voyagerez pour votre anniversaire de mariage.

— Ouiii ! confirme-t-il, des étoiles dans les yeux. Trente ans de mariage, clame-t-il fièrement.

— Ouah !

— On part le 3 avril, direction les Maldives, sourit-il de toutes ses dents. Lydia, ma femme, a hâte d'y être et moi aussi, ce seront de bonnes vacances, avant de me mettre à écrire mon livre… hum, après une conférence en Italie.

— Un livre ?

— Oui, mon éditeur m'a dit de ne rien accepter qui m'empêcherait d'écrire, je dois terminer le manuscrit dans les délais.

— Je comprends. Vous nous raconterez votre voyage, ma mère m'a informé qu'on vous aura à dîner.

— Oui, exactement, sourit-il, je vous raconterai, photos à l'appui. »

Après lui avoir de nouveau rapporté la satisfaction des élèves et des professeurs pour son intervention, Nourine lui tend une main qu'il serre. Ils se promettent de se revoir bientôt. Et revoilà Nourine arpentant le long couloir avec ses photos d'illustres enseignants. *M. Delgado peut être rayé de la liste définitivement, il n'a pas l'air d'un homme prêt à renoncer à la vie. Il a beaucoup de projets dont il semble très heureux*, se rassure la jeune femme.

Nourine descend les larges escaliers pour rejoindre Caroline à l'entrée du bâtiment. En atteignant la fin des marches, elle aperçoit son amie un large sac en papier à la main, en pleine discussion avec une femme noire élancée au chignon serré, prise dans un tailleur-pantalon sombre, un manteau gris à la main et un imposant sac de cuir sur une épaule. Les deux femmes se séparent, grand sourire aux lèvres, avant que Nourine ne les ait rejointes. Caroline distingue son amie :

« On peut y aller, j'ai les sandwichs ! lance-t-elle en soulevant le sac en papier.

— J'ai déposé la boîte, commence Nourine en arrivant à côté de Caroline, et l'on peut rayer définitivement M. Delgado de notre liste, il part le 3 avril.

— Ah, tu vois !

— Tu avais raison, concède Nourine. En plus, il est vraiment heureux de partir avec sa femme.

— Justement, dit Caroline en emboîtant le pas de Nourine qui s'avance vers la sortie, j'ai croisé l'ex-femme de Philippe.

— Ah bon ? Ah ! c'est avec elle que tu discutais. Je ne savais pas que tu la connaissais.

— Je l'ai rencontrée une fois alors que j'étais avec Malika, c'est elle qui me l'a présentée et m'a expliqué que c'était son ex-femme.

— Elle travaille ici ?

— En quelque sorte, elle est consultante financière. Elle intervient de temps en temps, si j'ai bien compris

— Ah oui ? Une ex-femme dans la finance ? s'étonne Nourine.

— Tu sais que dans une autre vie, Philippe travaillait dans la finance.

— Dis donc, tu en sais des choses sur Philippe, je ne pensais pas qu'il s'ouvrait comme ça !

— Reste en compagnie de Malika une petite heure et tu en apprendras beaucoup sur… sur tout le monde », s'amuse Caroline.

Les deux femmes atteignent la voiture.

« Rappelle-moi de ne rien lui dire sur mon petit don, sinon, je vais passer pour une folle.

— On peut prendre un petit quart d'heure pour déjeuner, Nourine, annonce Caroline, Léonor m'a dit qu'à cette heure-ci, il n'y a pas grand monde sur la route. On peut être rentrées en moins de trente minutes.

— Léonor ? répète Nourine, intriguée.

— Oui, l'ex-femme de Philippe. »

Nourine prend place dans la voiture, tandis que Caroline sort les sandwichs et les serviettes. Nourine saisit son sandwich et sa serviette tendus par son amie, en ne cessant de répéter à voix basse :

« Léonor, Léonor… J'ai entendu ce prénom dernièrement… Léonor…

— Tout va bien, Nourine ? s'inquiète Caroline en mordant déjà dans son sandwich jambon-salade.

— Ça me revient ! Il y a quelques jours, j'ai entendu dans la salle de silence une pensée.

— Oui, et alors ? demande Caroline la bouche pleine.

— Ça disait… "C'est tellement triste, la vie sans Léonor… tellement triste." »

Caroline s'arrête de mâcher un instant et dévisage Nourine :

« Et Philippe était dans la pièce ? », demande-t-elle après avoir précipitamment avalé sa bouchée.

Nourine hoche la tête lentement. Les deux femmes se fixent, sidérées.

« C'est Philippe ! », crient-elles à l'unisson.

Chapitre 20

Mardi 17 mars

Depuis la veille après le déjeuner, Nourine et Caroline ont l'œil sur le professeur de mathématiques. Elles ont conclu qu'essayer d'amener Philippe Garcia le bougon à se confier serait peine perdue. Alors, Nourine a décidé de l'inclure dans toutes les conversations dans la salle des professeurs. Seulement, ses tentatives se sont révélées infructueuses. Dès la pause de l'après-midi qui a suivi l'escapade au bureau de M. Delgado, la jeune professeure a commencé à adresser des sourires compatissants à Philippe en le croisant dans les couloirs, dans la salle de silence. Elle souhaitait lui montrer que ses collègues l'appréciaient malgré son mauvais caractère. Caroline, pour sa part, a peiné avec les sourires – elle ne s'est jamais vraiment entendue avec ce professeur qu'elle trouve « arrogant et qui ne veut jamais vraiment discuter avec les professeurs qui n'enseignent pas aux terminales ». Alors, pendant les tentatives désespérées de Nourine pour le faire participer aux conversations, elle s'est contentée de répéter les propos de son amie : « Philippe, Nourine a raison, qu'en penses-tu ? » ; « En effet. Philippe, ça t'est déjà arrivé ? » ; « Alors, Philippe, tu ne réponds pas à la question de Nourine ? » Toutefois, à chaque perche tendue pour l'intégrer dans l'échange en cours, Philippe a simplement ronchonné. Une fois, il a même tourné les talons pour aller rejoindre un autre groupe de professeurs qui le laisserait jouer les figurants. Nourine s'est alors sentie bête avec son verre d'eau à la main. « *Mais à quoi joue-t-elle ?* », a-t-elle même perçu. Et elle a aussitôt pensé : *Philippe doit me prendre pour une folle.* Mais elle a tout de suite senti un regard posé sur elle, provenant du fond de la pièce. Elle a croisé le regard rieur de Malika, et a levé son verre pour la saluer de loin en se demandant si finalement, cette pensée ne venait pas plutôt d'elle.

Ce mardi matin, en salle des professeurs, Nourine, attablée à l'îlot, ne sait pas quoi entreprendre avec Philippe, debout en retrait. À l'autre extrémité de l'îlot, Caroline l'encourage d'un léger mouvement de tête à tenter quelque chose. Nourine se lève dans son tailleur-pantalon bleu ciel et ses baskets vernies blanches, elle s'avance vers Philippe sous la supervision de Caroline. Sans trop réfléchir, Nourine engage la conversation :

« Tu n'as pas chaud avec cette veste, Philippe ? »

Elle regrette sa question aussitôt posée, cherche du secours dans le regard de Caroline, mais celle-ci se cache derrière sa tasse, son corps parcouru de spasmes de rire.

Philippe jette un regard oblique à Nourine, sans répondre. À court d'idées, la jeune femme veut renoncer, mais elle entend Franck entamer le sujet des prochaines vacances en avril. Nourine y voit là l'occasion de relancer l'échange avec son collègue :

« Tu pars quelque part, en avril, Philippe ? »

Le professeur de maths la regarde de travers. Au même moment, Nourine entend : « *J'espère que je ne serai plus là, en avril.* » Désarçonnée, elle tente de rester impassible, attendant la réponse de son collègue, qui prend une grande inspiration :

« Non, répond-il sèchement.

— OK. »

Nourine s'attend à ce qu'il lui retourne la question, mais il s'éloigne d'elle, laissant apparaître Kobène assis dans un fauteuil, les yeux sur son téléphone tenu d'une main et dans l'autre un stylo, un carnet posé sur ses genoux. Nourine cache ce « moment de solitude » derrière sa tasse de chocolat chaud, elle s'avance vers Caroline dont les yeux sont humides. *Au moins, j'ai fait rire quelqu'un ! Je me demande qui de Kobène ou de Philippe a pensé qu'il sera parti en avril.*

« Bonjour, Nourine, j'adore tes baskets ! lance, souriante, Cynthia Belore, la professeure d'éducation sportive, sa queue-de-cheval virevoltant de gauche à droite.

— Merci, Cynthia », répond Nourine, tandis que la jeune professeure de sport poursuit sa marche dynamique droit sur Kobène.

Nourine arrive devant Caroline, restée à l'écart des autres professeurs.

« Alors, sa veste ? Il a chaud ou pas ? se met à ricaner son amie.

— Je t'en prie ! Tu peux essayer, toi aussi, te gêne pas ! », s'emporte Nourine, vexée.

Cependant, en repensant à la scène, elle ne peut s'empêcher de rire, avant de redevenir sérieuse. Elle chuchote :

« On n'a pas beaucoup de temps, il est déterminé.

— Ah bon ?

— Je l'ai entendu. Enfin, je ne suis pas sûre… Il y avait Kobène à côté. »

Nourine informe brièvement Caroline de ce qu'elle a capté. Celle-ci penche plutôt pour l'angoisse de Kobène du fait de ses candidatures. La professeure d'éducation civique reste néanmoins inquiète pour Philippe. Elle se demande comment s'y prendre : *Philippe n'est pas communicatif, l'aider ne va pas s'avérer facile.*

* * *

À 15 heures, après la pause, Nourine s'attarde un peu dans la salle des professeurs. Elle discute devant des mugs vides près de l'îlot avec Franck et Caroline, qui ont terminé comme elle leur journée. Franck a annoncé vouloir s'acheter un nouveau costume trois-pièces, les deux jeunes femmes ont suggéré des couleurs qui mettraient son teint noir en valeur. Là-dessus, Franck quitte la pièce, après avoir glissé son mug dans le lave-vaisselle, tandis que Malika revient dans la pièce par la porte du fond.

« Je vais rester ici, déclare-t-elle en apercevant ses deux jeunes collègues, je dois voir Mme Ibramovitch dans vingt minutes. »

Elle déboutonne sa veste de tailleur gris qui la saucissonne et s'assoit péniblement dans son fauteuil favori.

« Tu veux boire quelque chose ? demande Nourine.

— Merci, oui, apporte-moi un verre de jus d'orange, s'il te plaît. »

Les deux jeunes femmes rejoignent la doyenne. Nourine tend le verre à Malika pendant que Caroline avance deux fauteuils en osier pour s'installer en face de leur collègue.

« Dis-moi, Nourine, que se passe-t-il avec Philippe ? Tu as des vues sur lui ? », demande Malika en grimaçant.

Nourine et Caroline éclatent de rire.

« Je me posais la question parce que je te vois lui tourner autour bien maladroitement. Et sans grand succès, tu dois bien le reconnaître », grimace de nouveau Malika.

Les deux femmes rient de plus belle à cette remarque qui fait remonter chez Nourine le souvenir de sa question sur la veste de Philippe.

« Non, Malika… assure-t-elle haletante, quand un homme me plaît, je suis plus subtile que ça et plus habile… Enfin, je crois, ajoute-t-elle avec un sourire.

— Alors, dommage pour Kobène, j'aurais aimé te voir à l'œuvre.

— Ah ? Euh ! »

Prise au dépourvu, Nourine jette à Caroline un regard que celle-ci lui retourne : « Je te l'avais bien dit. »

« Alors, explique-moi ! », demande Malika, intriguée.

Nourine lance de nouveau un regard furtif à son amie qui l'observe, curieuse d'entendre comment elle va justifier ses étranges agissements.

« Malika… j'ai juste l'impression que… que Philippe ne va pas bien et qu'il pourrait avoir des idées suicidaires. »

Malika se redresse brusquement sur son fauteuil, le visage grave.

« Ah bon ? Qu'est-ce qui te fait croire ça ? interroge la doyenne, très sérieuse.

— Je pense que son ex lui manque terriblement.

— Ah ? Mais ça fait longtemps qu'ils sont divorcés, ce serait bizarre. »

Malika attend plus d'explications. Nourine cherche comment s'expliquer sans lui révéler son secret. Caroline vient à son secours :

« Dis-lui ce que tu l'as entendu… *chuchoter* dans la salle de silence. »

Nourine voit le regard appuyé de Caroline et saisit la perche :

« Oui… en effet… J'ai entendu Philippe soupirer… euh… chuchoter… : "La vie est tellement triste sans Léonor…" »

L'éclat de rire, aigu puis grave, de Malika, interrompt Nourine. Les deux jeunes femmes échangent un regard, confuses.

« Ah ! Alors, c'est ça ? continue de rire Malika, mooon Dieu ! Léonor, mesdames, c'était sa chienne, précise-t-elle en continuant de rire.

— Sa chienne ? s'étonnent en même temps les jeunes femmes.

— Il a donné le prénom de son ex-femme à sa chienne ? », répète Nourine, hébétée.

Les deux amies observent Malika tandis qu'elle reprend son souffle et essuie ses larmes de rire, ce qui les amuse.

« Oui… atteste la doyenne, essayant de redevenir sérieuse, il devait vraiment beaucoup l'aimer, cette chère Léonor… (Elle agite ses mains en guise d'éventail.) Mais oui, il a une chienne qui s'appelle Léonor. Qui s'appelait, rectifie-t-elle.

— Ah oui ? s'exclame Caroline.

— Oui, la semaine dernière, dans ce que j'imagine un moment de pure folie, Philippe m'a confié que sa chienne Léonor était morte. Inutile de préciser que j'ai été aussi surprise que vous. Le décès de cette chienne, ce n'est pas plus mal… Non, mais vous imaginez, mesdames, entamer une nouvelle relation en ayant une chienne qui porte le prénom de votre ex ? »

Les deux jeunes femmes miment leur dégoût à cette perspective.

« Et c'est pour ça qu'il est bougon ? À cause du divorce ? demande Nourine.

— Nooooon ! », proteste Malika avant de repartir dans un fou rire.

Le rire de Malika, passant de l'aigu au grave, réjouit les deux jeunes collègues.

« Non, mesdames, non, non, non. Nous serions dans une comédie romantique à la Hollywood, je vous dirais

(Malika ajuste sa veste et prend des airs de diva pour continuer) : "Avant son divorce, Philippe Garcia était un homme drôle, plein d'entrain, toujours le premier pour les fêtes, sociable, amical…" Mais ce n'est pas vrai, affirme-t-elle brusquement très sérieuse. Il n'a jamais été tout cela…

— Ça ne m'étonne pas trop, commente Caroline.

— Oh, attention, précise la doyenne, malgré tout, c'est un bon bougre. La preuve, il a épousé une femme charmante comme Léonor et… il est enseignant. Il faut des qualités humaines indéniables pour exercer ce métier. Les élèves ne se plaignent pas de lui, ni les parents d'ailleurs. »

Les deux femmes acquiescent.

« Je vais vous dire pourquoi je ne crois pas qu'il ait des pensées suicidaires. » Elle marque une pause, laissant ses deux collègues dans une attente presque insoutenable. Puis elle inspire et reprend : « Dans un excès de confidence, Philippe m'a appris son intention d'adopter un autre chien. » Voyant le regard dubitatif des deux jeunes femmes, Malika explique : « Il aime beaucoup les animaux, il ne prendrait pas un nouveau chien pour le laisser derrière lui intentionnellement.

— Ah, je vois, réfléchit Nourine.

— En tout cas, continue Malika, je doute qu'il appelle son nouveau chien Nourine ! »

Les trois femmes partent d'un même rire. Malika souffle longuement avant de poursuivre :

« Mais c'est bien que vous vous souciiez comme cela des collègues. Vraiment. Je vais vous confier quelque chose. »

Elle s'avance sur son siège, les deux femmes avancent instinctivement leur fauteuil vers elle pour accueillir sa révélation. La doyenne reste silencieuse un moment, et commence :

« Vous savez, après la naissance de ma fille, j'ai presque perdu pied, j'étais égarée. Au bout d'un an et demi, à la fin de mon congé maternité, j'ai repris le travail, c'est ce moment qu'a choisi le père de ma fille pour me quitter et là, je me suis noyée complètement, mais complètement… La détresse totale. » Elle s'arrête un instant, avale une gorgée de jus d'orange. « J'ai eu des pensées suicidaires. »

Les deux jeunes femmes accueillent cette confession dans le silence, seul leur mouvement de recul a montré leur surprise.

« Eh oui, je n'en pouvais plus… Déjà chamboulée par la naissance de ma fille, la reprise des cours et puis cette rupture, c'était trop. Ma mère et des amis m'ont soutenue comme ils pouvaient, ils travaillaient aussi, vous comprenez.

— Oui, bien sûr, murmure Nourine.

— Un jour, un collègue a remarqué que je n'allais vraiment pas bien, et avec son soutien, j'ai demandé de l'aide. » Elle marque une pause, perdue dans ses pensées, puis regarde les deux femmes qui, le visage fermé, sont suspendues à ses lèvres.

« Dans un film, reprend la doyenne, je vous aurais dit : "Et c'est LA que j'ai rencontré l'homme qui est mon mari aujourd'hui !" »

Elle ricane.

« Ce n'est pas le cas ? interroge Caroline.

— Eh non ! Il s'est pointé dix ans après ! Dix années après ! J'avais le temps de voir venir. »

Cette fois, les deux femmes ne peuvent réprimer leur hilarité. Malika se lève et tente de fermer la boutonnière de son tailleur.

« Bon, mesdames, c'est bientôt l'heure de mon rendez-vous, je vais me repoudrer le nez d'abord.

— D'accord, disent les jeunes femmes.

— Je crois que je devrais abandonner ce tailleur pour de bon. Comme Philippe, j'ai eu un moment de pure folie, j'ai cru que je pouvais remettre une tenue de ma jeunesse. »

Les deux jeunes enseignantes gloussent. Tandis que Malika se dirige vers la porte, Nourine et Caroline se regardent et restent silencieuses, dans leurs pensées.

« Tant mieux pour Philippe, c'est plutôt rassurant, annonce Caroline. Maintenant, on peut dire que c'est Kobène qui a hâte de quitter le lycée, qu'en penses-tu ?

— C'est forcément Kobène, lâche Nourine sans prêter attention à la question de Caroline.

— Oui, c'est ce que je suis en train de dire, Nourine.

— Non, pas avec l'envie de quitter le lycée.

— Mais pourquoi veux-tu qu'il ait envie de se suicider ? Il a une échéance à respecter, qui est le 3 avril », insiste Caroline.

Nourine n'a pas le temps de réagir qu'on frappe à la porte. Elle se lève pour ouvrir, seuls les élèves ont pour consigne de frapper et d'attendre qu'un professeur leur ouvre. Derrière la porte, elle découvre un grand jeune homme noir, dans l'uniforme de l'école. C'est Hector, l'un des frères de Slimane, un élève de terminale très populaire dans le lycée.

« Oh ! Bonjour, madame Shafik, s'exclame-t-il avec un sourire étincelant. C'est M. Abram qui m'envoie demander si son carnet bleu se trouve sur une chaise… Il a dit : "Près de li-lo." Ouais… Oui, je veux dire, se corrige-t-il sous le regard amusé de Nourine.

— Je vais voir. »

La professeure referme la porte et repère en effet le carnet de Kobène sur une chaise. Elle le remet à Hector et ferme la porte. Caroline s'est déplacée vers la fenêtre. Nourine l'observe, son amie lui semble rêveuse. Elle repense alors aux derniers mots échangés avant l'interruption de l'élève, et elle se rappelle son cousin Daoud. Plusieurs fois, il s'était confié sur son envie de quitter son métier de professeur de musique pour se lancer dans la plomberie. Il imaginait se former et ouvrir sa propre affaire, comme son cousin Nikolas, le frère de Nourine. Il n'avait pas osé franchir le pas, de peur de créer des tensions avec son père, qui ne jurait que par les métiers de lettres, « plus respectables et plus stables » à ses yeux. Daoud avait tenu à ne pas contrarier son père, il était son seul enfant. Cela avait tout de même pesé sur les relations entre leurs pères. Mouloud, le père de Nourine, reprochait à son grand frère d'étouffer son fils et de dévaloriser le métier de Nikolas. Lors d'un déjeuner, Moshem s'était emporté :

« Il est adulte ! S'il veut vraiment travailler comme plombier, il peut suivre une formation.

— Mais tu sais bien qu'il te vénère ! avait dit Mouloud. Il a trop de respect pour toi pour oser te contrarier, Moshem, il ne le fera pas à moins que tu ne donnes ton consentement. »

La tentative de suicide de Daoud, d'abord présentée comme un accident, avait creusé la distance entre les deux frères.

Nourine revient au présent, elle s'avance vers son amie. « Caroline ? »

Elle remarque le voile de tristesse sur le visage de sa collègue.

« Oui… Oui ! répond Caroline, désorientée.

— Tout va bien ?

— Oui, oui, je repensais juste à l'histoire de Malika… Et puis… sa rencontre au bout de dix ans, c'est… Donc, on disait ? se reprend-elle, soudain égayée.

— Je disais : et si c'était vraiment ce que je pense, si c'était vraiment Kobène ! »

Caroline fait une moue, dubitative.

« Non ! Je t'ai expliqué qu'il est concentré sur son avenir. Et puis, tu as oublié que tu as aussi entendu quelque chose dans ta classe et…

— Écoute, la coupe Nourine, je viens de me souvenir que mon cousin réfléchissait lui aussi à son avenir avant sa tentative, ça le travaillait. »

Caroline ne semble pas convaincue.

« Mais ce n'est pas pareil… je pense que…

— Caroline ! Il était à côté quand j'ai entendu la pensée sur le mois d'avril, insiste Nourine.

— Oui, Nourine, il espère ne plus enseigner ici, il voudrait travailler à l'université.

— Quand voudrait-il commencer ?

— En… en mai… comme il nous l'a expliqué. Il doit donner son préavis, il est juste préoccupé, c'est normal, et puis on… » Elle s'interrompt en remarquant l'expression inquiète de Nourine. « D'accord, on ne sait jamais, concède-t-elle à voix basse.

— On doit le surveiller de près, réaffirme Nourine, je ne veux pas passer à côté, tu comprends ? » Elle soupire… « Pas encore ! »

* * *

Le paysage défile. Assise dans le train à moitié plein qui la ramène chez elle, Nourine repense à l'histoire de Malika. Un mot revient en boucle dans son esprit : détresse. Elle prend maintenant conscience que son cousin devait se trouver dans le même état. Elle lui en avait tellement voulu d'avoir tenté de quitter ce monde, un acte contraire à leurs convictions religieuses, qu'elle n'avait pas réfléchi aux émotions conflictuelles qui avaient dû le tourmenter. Les mots qu'elle avait prononcés à l'intention de son cousin, dans sa chambre de maison de repos, s'entrechoquent soudain dans son esprit : égoïsme, stupidité, manque de foi, épreuve, pas musulman. Elle secoue la tête pour les chasser. Les larmes aux yeux, elle se demande comment elle a pu tenir de tels propos à une personne – son ami, son cousin – qui s'était sentie en détresse au point de vouloir s'ôter la vie.

Elle observe un instant les passagers autour d'elle, le siège à son côté est vide. Dans la rangée voisine, une femme avec son jeune enfant sur les genoux ; à leurs côtés, un adolescent, des écouteurs vissés dans les oreilles ; devant eux, un homme, les yeux perdus à travers la fenêtre. Nourine songe que parmi eux se trouve peut-être une personne désespérée au point de souhaiter quitter ce monde.

À ce moment précis, elle a envie d'envoyer un message à son cousin pour prendre de ses nouvelles. Elle ouvre son sac et agrippe le téléphone, tape son nom et regarde sa fiche apparaître sur l'écran. Son frère lui a dit qu'il était revenu d'un court séjour en Bosnie, chez sa mère. *Qu'est-ce que je vais lui écrire ?* Nourine lève la tête, elle jette un œil autour d'elle et se remémore un trajet dans le train en compagnie de Daoud, elle lui avait raconté avoir croisé Issa Britaine, son ex-« presque époux », avec sa femme. Issa, rencontré à la mosquée un an avant ses 25 ans, avait demandé Nourine en mariage et dans la foulée, lui avait proposé de le suivre au Danemark, où il avait trouvé l'emploi de ses rêves. Seulement, Nourine ne se voyait pas quitter Izzedine, où elle venait seulement de se réinstaller après un an en Bosnie. De plus, son nouvel emploi d'enseignante lui plaisait énormément. Il avait suggéré une relation à distance, le temps pour elle de trouver un emploi qu'elle pourrait exercer au Danemark. Elle avait alors soudain compris qu'elle ne tenait pas à lui au point de le suivre. Elle avait refusé le mariage, ce qui mettait un terme à leur relation. Dès lors, Issa Britaine avait hérité du titre de « presque époux ». Revoir son « presque époux » avec sa femme lui avait confirmé qu'elle avait fait le bon choix. Son cousin lui avait alors parlé de la tentative de suicide d'un acteur célèbre, après que sa fiancée l'avait quitté pour un autre, qu'elle avait fini par épouser.

« C'est idiot, avait-elle répondu, on ne se suicide pas pour ça !

— Et quelles sont les bonnes raisons pour un suicide, d'après toi ? avait-il demandé sérieusement.

— Hum… je ne sais pas… Quelque chose de sérieux, comme une agression, hum… Le décès d'un proche. Ou même une crise d'ado. »

Daoud l'avait fixée sans sourciller, puis Nourine avait ajouté :

« Peu importe. Dans nos communautés, on ne fait pas… ça !

— Ça arrive sûrement, mais on doit maquiller ça en… accident, ou que sais-je.

— N'importe quoi ! », avait souri Nourine, avant de changer de thème de conversation.

La jeune femme fixe l'écran noir de son téléphone, les yeux embrumés. *Oui, Daoud, à ton sujet, on a d'abord dit que tu avais eu un accident.* C'était il y a plus d'un an et demi, aujourd'hui elle ne dirait plus la même chose. *Peut-être qu'il l'envisageait déjà quand nous avons eu cette conversation. Quand j'y pense, je ne vois pas le rapport entre Issa et son histoire de célébrité et de rupture.* Son regard se perd sur le quai devant lequel le train s'est arrêté. *J'aurais dû voir que ça n'allait vraiment pas.* Elle renonce à envoyer un message. Un tintement dans sa tête interrompt ses réflexions : « *Tiens, Nourine ! Elle m'a l'air bien triste.* »

La jeune femme lève la tête à la recherche d'un visage familier, mais Lionel prend déjà place dans le siège vide à côté du sien, un sourire bienveillant sur son visage.

« Lionel, c'est Dieu qui t'envoie ! lui dit-elle après l'avoir embrassé.

— Peut-être, rit-il, parce que je ne prends jamais ce train… J'ai fini plus tôt aujourd'hui, deux clients ont annulé. »

Le psychologue lui relate brièvement sa journée. Une fois à leur station, à peine sorti du train, il demande :

« Pourquoi as-tu dit que Dieu m'envoyait ?

— Oh ! c'est une longue histoire… En revanche, j'ai une question à te poser ! »

Lionel lui propose de se mettre dans un coin dans la gare, il compte faire quelques courses avant de rentrer, Ali doit le rejoindre à la gare dans dix à quinze minutes. Nourine lui raconte rapidement Philippe, la détresse passée de Malika et puis ses dernières réflexions sur Daoud.

« Tu sais quoi, Lionel, j'aurais dû voir, j'aurais dû faire quelque chose, j'aurais dû comprendre, j'aurais dû le…

— Oh, Nourine ! la coupe Lionel. Ça fait beaucoup de "j'aurais dû". Écoute. Ton mécanisme de pensée est différent de celui de cette époque-là et j'ajouterai que même formé à toutes sortes de souffrances liées à la santé mentale, on doit accepter de ne pas pouvoir aider tout le monde. On passe à côté parfois, c'est comme ça… il faut l'accepter. »

Nourine garde le silence, elle s'en veut encore trop pour se laisser convaincre totalement. Elle sent les larmes lui monter aux yeux. Lionel pose sa main sur son épaule.

« Tu sais, plus on est proche d'une personne, plus c'est compliqué de détecter objectivement des signes de détresse. Concentre-toi sur le présent, Nourine !

— Tu as raison », affirme-t-elle, reconnaissante.

À cet instant, elle voit Ali s'avancer vers eux, son téléphone à la main, en jean-pull-chemise, une écharpe nouée autour du cou. Après avoir salué Nourine, il lui demande des nouvelles de son enquête.

« Alors, qui est le suspect maintenant ? Ou peut-être devrais-je dire : qui est à surveiller ? rectifie-t-il en regardant Lionel, qui approuve cette clarification. Tu as quelqu'un en tête ?

— Kobène, le prof de philo, répond-elle d'une voix mal assurée.

— Hum, j'ai entendu ta voix changer en prononçant le prénom KOBENE. N'est-ce pas chéri, tu as entendu ? »

Lionel rit doucement.

« Mais pas du tout ! proteste Nourine.

— Tu sais que j'ai le numéro de Caroline, je vais me renseigner sur ce KOBENE, le professeur de philosophie, s'amuse-t-il.

— Allez, viens Ali, on a des courses à faire… Laisse-la. » Lionel tire son mari par le bras. « En plus, elle peut se venger en écoutant nos pensées, plaisante-t-il.

— Mais oui, Ali… C'est ça, renseigne-toi ! », lance Nourine, riant à son tour en les regardant s'éloigner.

La jeune femme quitte la gare non sans se demander si son inquiétude pour Kobène ne cache pas quelque chose d'autre. Pour la première fois, elle prend en considération les propos de Caroline à son sujet, puis la remarque de Malika, et enfin le commentaire d'Ali. Elle s'interroge : *Se peut-il que ma voix ou l'expression de mon visage trahissent un intérêt pour Kobène ?* Jusqu'alors, la jeune femme s'est toujours interdit toute idée de relation avec un collègue, aussi séduisant et intéressant qu'il puisse être. Elle veut à tout prix préserver cette frontière entre vie privée et vie professionnelle.

Elle s'y était brièvement risquée une fois, avant d'intégrer le lycée Merlo, et l'avait amèrement regretté. Aziz, un professeur de physique, avait annoncé ses fiançailles un lundi dans la salle des professeurs, et les regards s'étaient posés sur elle. Le moment le plus embarrassant de sa vie. Non, ce n'était pas elle l'heureuse élue et pourtant, le vendredi, tout le monde ou presque les avait vus flirter gentiment dans la salle des professeurs. Elle avait confié à quelques-uns de ses collègues proches qu'ils avaient pris un café en dehors du lycée à deux reprises déjà, pour faire plus ample connaissance.

Nourine inspire profondément et chasse cet humiliant souvenir. « Non, plus de collègues ! »

Chapitre 21

Mercredi 18 mars

Les collègues de Nourine ne sont pas surpris de la croiser au lycée le mercredi, son jour de congé. Elle s'y rend parfois pour préparer des interventions. Ce mercredi, elle souhaite absolument travailler sur les prospectus à distribuer aux élèves et aux professeurs avec les numéros de prévention. Elle doit les faire valider par la direction le plus tôt possible. Ce passage au lycée, ce matin-là, constitue aussi un prétexte pour continuer d'avoir un œil sur Kobène, qui reste dans son viseur. Malgré tout, la jeune femme ne veut pas écarter les élèves trop vite de sa liste. Elle prête davantage attention aux lycéens dans les couloirs, ils sont agités. En sortant de sa salle de classe où elle a travaillé la première partie de la matinée, elle remarque Daria, l'élève de première dont la meilleure amie est en couple avec son ex-copain. La jeune fille, accompagnée de deux camarades les yeux rivés sur leur écran de portable, marche tête basse. Nourine intervient :

« Pas de portables dans les couloirs ! »

Les jeunes filles lèvent la tête, excepté Daria, elles cachent aussitôt leur téléphone. Nourine se désole pour Daria. La veille, elle l'a aperçue d'une fenêtre de la bibliothèque, et elle a remarqué la peine de l'adolescente quand elle a croisé sa meilleure amie et son ex, en train de chahuter. Marc est alors venu vers elle, et c'est à ce moment que Nourine a eu l'idée de récolter des informations auprès des assistants d'éducation. Ils n'étaient pas présents lors de l'intervention de M. Delgado, à part Marc, mais ils connaissent bien les élèves et constatent encore plus aisément que les professeurs les changements d'attitude et les raisons de ces changements.

Nourine franchit la porte de la salle des professeurs, elle cherche du regard Kobène tout en se dirigeant vers l'îlot. Kévin, le professeur d'arabe, lui barre presque le passage pour la saluer. Il l'interroge sur sa prochaine intervention. Nourine lui expose alors son projet de prospectus, sur la prévention du suicide en particulier. Les yeux de Kévin couvent Nourine d'admiration, il se lance dans une longue tirade pour exprimer son enthousiasme et l'inspiration que la professeure suscite chez lui. Un peu mal à l'aise, Nourine jette de temps en temps un œil à droite à gauche, priant de ne rien entendre de ses pensées. Marc, l'assistant d'éducation, un caban noir sur le dos et une fiche blanche à la main, passe rapidement devant Nourine et Kévin : « Bonjour, madame Shafik, bonjour, monsieur Ulisse », lance-t-il souriant, se pressant vers la porte. Nourine profite de cette occasion pour échapper à Kévin. Elle s'excuse brièvement et emboîte le pas de Marc. C'est l'occasion de lui poser des questions.

La jeune femme l'appelle dans le couloir, maintenant vidé de ses élèves.

« Marc, attendez, attendez… j'ai une question.

— Oui, madame Shafik. » Il regarde sa montre. « J'ai juste une minute, je dois relever Monica, elle m'a remplacé un moment.

— Oui, d'accord, je fais vite. » Elle baisse la voix avant de continuer : « Je prépare des fiches de prévention du suicide.

— Ah oui ?

— Comment trouvez-vous les élèves, en ce moment ? Est-ce que certains ont un comportement inhabituel ? »

Marc vérifie que personne ne les écoute :

« Toute l'équipe d'assistants garde un œil en particulier sur Liam, vous savez.

— Oui, oui, je sais.

— On le surveille de près… Ses (il mime des guillemets) groupies aussi, sourit-il.

— Ah bon ? s'avance Nourine, intriguée.

— Oui. » Marc regarde par-dessus son épaule avant de poursuivre : « Beaucoup de choses semblent se passer sur le réseau social TopTop, je crois que Liam a des vues sur une fille d'un autre lycée… Alors vous imaginez, ses (nouveaux guillemets) groupies rivalisent d'ingéniosité pour attirer son attention. »

Marc se retourne pour avancer. Nourine le suit.

« Donc personne d'autre ne vous inquiète, comme Daria par exemple ?

— Ah oui, c'est vrai ! Cette histoire a fait le tour, vous savez… On l'a signalée à Mme Ibramovitch, on a un œil sur elle aussi. »

Ils atteignent l'escalier menant au rez-de-chaussée.

« Merci, Marc. »

Nourine retourne vers la salle des professeurs, et tandis qu'elle s'engage dans les escaliers, Marc remonte en criant :

« Madame Shafik ! Madame Shafik ! »

Nourine se précipite.

« Oui, Marc ?

— Serait-il possible de demander à Mme Ibramovitch une formation sur la prévention du suicide et tout ce qui touche à la santé mentale pour tous les assistants ? Mon frère est soignant et il en a suivi une. J'ai suggéré l'idée, mais (il remonte ses lunettes en souriant) Laura m'a glissé que si quelqu'un d'autre, comme un prof, pouvait…

— Oui, Marc, sourit Nourine, j'en toucherai deux mots, c'est une brillante idée.

— Merci, madame Shafik ! », crie-t-il en courant dans les escaliers.

Nourine referme la porte de la salle des professeurs. Elle a repéré Kobène en compagnie de la jeune enseignante de sport, Cynthia Belore, qui affiche un large sourire dans son survêtement rose et son gilet de marin bleu canard. Nourine aperçoit non sans une pointe d'agacement la main de la professeure se poser sur le bras de Kobène à chaque rire que semblent déclencher les histoires de ce dernier. *Il a l'air d'aller mieux… ou bien il fait semblant*, songe-t-elle. *Pourquoi est-ce qu'elle m'énerve autant cette femme, avec sa queue-de-cheval qui pendouille à droite à gauche ?* Une clochette interrompt sa réflexion : « *On dirait que notre prof d'éducation civique remarque enfin Kobène !* » Déstabilisée, Nourine détourne aussitôt la tête et se dépêche d'aller se servir une boisson à l'îlot. Elle s'interroge sur l'identité de la personne qui a pu avoir cette pensée et jette un coup d'œil par-dessus son épaule. Elle se sert une boisson chaude, puis cherche du regard Caroline, elle l'a aperçue avec Franck, assis sur des fauteuils. D'autres professeurs se tiennent debout à leurs côtés, à un mètre à peine de Kobène et de Cynthia. *C'est bizarre, je ne les avais pas remarqués quand je suis entrée*, note-t-elle avant de rejoindre le groupe.

« Ah, Nourine ! s'exclame Caroline.

— Ça va, Nourine ? salue Kévin, dissimulant à peine sa joie de la revoir.

— Oui, oui, ça va ! répond Nourine, embarrassée par cet excès de ravissement.

— Kévin nous disait que Miss Sourire n'est pas dans son assiette, continue Caroline.

— Hum… c'est ça, confirme le professeur d'arabe, souriant de plus belle à Nourine.

— Et je l'ai remarqué aussi ce matin », ajoute Caroline.

Elle hoche la tête en fixant Nourine d'un air entendu.

« Ah bon ? s'étonne celle-ci, j'espère que… »

Le rire exagéré de Cynthia Belore toujours en conversation avec Kobène interrompt Nourine, légèrement ennuyée. Les rires saccadés, entrecoupés de « T'es pas sérieux ! Ah oui ? », la titillent quelque peu.

« Kobène a retrouvé le sourire à ce que je vois, commente Franck en caressant sa moustache, c'est bien, il se déride un peu, son stress commençait à me rendre nerveux, moi aussi. »

La première sonnerie met fin à la conversation. Aussitôt, l'agitation dans la salle gronde : le bruit du lave-vaisselle qui s'ouvre et se referme, les chaises et les fauteuils qu'on remet à leur place. Caroline passe devant Nourine et lui glisse à l'oreille :

« Il y en a une qui fait peu de cas des relations entre collègues… Attention, tu vas laisser passer ta chance ! Au pire, il y aura… Kévin. »

Nourine dévisage Caroline qui lui adresse un clin d'œil avant d'aller déposer sa tasse dans le lave-vaisselle. Elle n'a pas le temps de réagir qu'elle entend son téléphone vibrer. Elle le sort de son sac et lit le message de son père.

> « *Salam aleykoum* et bonjour, ma chère Nourine. Pense à regarder sur le site de rencontres de la mosquée, tu dois avoir des réponses. »

Elle soupire. Elle commence à peine à répondre qu'un autre message s'affiche. *Caroline ?* s'étonne-t-elle.

> « Miss Sourire sur la liste ! »

Nourine ne peut qu'être d'accord. Elle va la surveiller.

Chapitre 22

Vendredi 20 mars

Nourine scrute le ciel de sa salle de classe, la pluie s'est arrêtée, mais les nuages menacent encore. Elle passe entre les groupes de sa troisième A, occupés à réaliser individuellement un commentaire sur un document. Elle observe en particulier Liam, puis Fanny, « Miss Sourire ». Depuis la veille, son anxiété diminue : la CPE, Mme Ibramovitch, a fait afficher des posters officiels déjà présents à l'infirmerie dans la salle des professeurs, dans le foyer des élèves, au bureau des assistants d'éducation. Cela laisse le temps à la professeure de terminer la rédaction de prospectus à distribuer dans les casiers d'élèves et d'enseignants, ainsi que de travailler sur l'accès aux informations sur l'application du lycée, dont chaque élève et parent d'élève dispose.

Depuis mardi, Nourine s'est efforcée d'éviter Philippe Garcia, encore gênée de son attitude très maladroite avec lui, et ce, en dépit du réconfort apporté par Caroline : « Mais enfin, Nourine, c'était pour la bonne cause ! » Toutes les deux ont l'œil sur tous leurs « suspects ». Nourine trouve son amie de plus en plus détendue à mesure que l'enquête s'intensifie. Elle ne semble plus craindre que sa collègue de l'éducation civique entende ses pensées.

Nourine revient à son bureau. Elle jette encore un regard à la classe et se plonge dans ses classeurs, quand elle entend : « *J'en ai marre ! Le 3 avril, je quitte ce monde !* » La jeune femme se fige. Un spasme parcourt son corps. Heureuse d'avoir eu le temps de s'asseoir, elle sent ses jambes trembler légèrement. *C'est un élève*, pense-t-elle, *c'est sûr maintenant, c'est un élève… Oh, mon Dieu, c'est un élève !* Nourine se rend compte qu'elle respire fort. Elle tente de se calmer.

« Madame, on est obligé de recopier le petit texte en rouge ? », demande Jalil, le doigt levé.

En l'absence de réponse de la professeure, les têtes se redressent une à une.

« Non, Jalil ! finit par réagir Nourine posément. Vous aviez la main levée, c'est bien, mais la prochaine fois, attendez que je vous donne la parole », énonce-t-elle sans hausser le ton.

L'enseignante attend que sa respiration reprenne un rythme normal et se lève. Anxieuse, elle refait un tour des groupes, elle oscille entre la panique et la satisfaction de savoir que sa liste est désormais réduite à une vingtaine d'élèves, dans sa classe. *Qu'est-ce que je dois faire ? Et qu'est-ce que je fais si l'élève veut passer à l'action plus tôt ? Oh ! pourquoi je ne distingue pas si c'est une voix féminine ou masculine ?* La jeune femme n'a pas le temps d'y réfléchir, elle voit la main de Nina se dresser avec agitation.

« Oui, Nina.

— Est-ce que je peux aller chercher un dictionnaire, madame ? Je me trompe toujours avec le mot déménager : deux "m" ou un seul "m", glousse-t-elle en jetant un petit regard à Slimane.

— On s'en fiche ! s'écrie Liam.

— Pas de commentaire, Liam. Allez-y, Nina. »

La jeune fille regarde à nouveau Slimane en secouant sa coupe courte au carré, puis se dirige fièrement vers le fond de la classe, tandis que Nourine reprend sa progression entre les groupes, sans cesser de toucher ses cheveux. Elle s'arrête près d'un groupe. *Ou peut-être qu'un élève va simplement déménager,* songe-t-elle sans réel espoir. Elle aimerait tant que ce soit ça. *Ça pourrait coller.*

La pluie fouette les vitres, la salle s'assombrit. Nourine s'avance vers l'interrupteur tout en essayant de cacher son émotion, qu'elle imagine visible. Elle repasse à travers chaque groupe dans l'espoir d'entendre autre chose. Elle s'arrête près de celui de Miss Sourire. Fanny soutient sa tête de sa main gauche tandis que l'autre écrit. En sentant la présence de sa professeure à son côté, elle se redresse, se force à sourire. Nourine continue d'avancer puis se retourne brièvement vers le groupe de Miss Sourire. Cette dernière a repris sa position. Cette fois, elle n'écrit plus. Elle semble ailleurs. *Elle réfléchit à l'exercice ou alors...* Nourine souffle... *Heureusement, les numéros de prévention sont à disposition depuis hier,* se rassure-t-elle. Elle regagne sa place et rédige rapidement un e-mail à Caroline pour lui demander de passer la voir pendant la pause, avant de se rendre en salle des professeurs. *J'espère qu'elle lira le message à temps.*

Les élèves quittent la classe sous le regard attentif de leur professeure postée à la sortie. Nourine espère entendre d'autres pensées, ou remarquer quelque chose de particulier. Elle n'entendra rien et ne verra rien.

Sa classe vide, elle s'installe à son bureau, prend sa petite bouteille d'eau dont elle avale le contenu presque d'un trait, et commence à taper le compte rendu du cours de troisième A. Caroline frappe à la porte laissée grande ouverte.

« Oh, Caroline ! Viens, j'ai du nouveau », s'impatiente Nourine, déjà debout. La philosophe s'avance vers le bureau, prête à écouter la confidence de son amie.

« C'est quelqu'un de la troisième A, j'en suis certaine.

— Tu l'as entendu ?

— Parfaitement ! Je l'ai parfaitement entendu, comme le vendredi… Caroline, c'était mot pour mot la même phrase ! Mais je ne sais toujours pas qui c'est.

— Ouah ! C'est super ! Enfin, je veux dire…

— Je sais… la liste est réduite, maintenant. »

Les deux femmes restent silencieuses, incrédules.

« Et qu'est-ce qu'on fait alors ? demande Caroline.

— Oh ! Que faire ? Il faudrait probablement qu'on… »

Caroline l'interrompt d'un geste de la main. Elles entendent des bruits de pas dans les couloirs.

« Tu sais quoi ? reprend Nourine. On en reparle plus tard.

— Tu te souviens qu'aujourd'hui je ne te ramène pas ?

— Ah oui, c'est vrai, tu récupères ta mère pendant qu'Ivan…

— Passe le week-end entre hommes avec Gabriel, termine Caroline sourire aux lèvres.

— On s'appelle plus tard… »

Nourine s'installe de nouveau à son bureau.

« Demain. On s'appelle demain, suggère Caroline. On pourra parler tranquillement… Si c'est toujours le 3 avril, il nous reste encore quelques jours. On se voit plus tard, je retourne dans ma classe un instant.

— D'accord, soupire Nourine, tu as raison. »

Caroline disparaît dans le couloir. Nourine l'entend saluer Kobène. Elle tourne la tête vers la porte ouverte et aperçoit la silhouette de ce dernier. Elle se lève d'un bond et sort, sans refermer la porte derrière elle. Elle court sur la pointe de ses bottines à talons hauts dans le couloir réservé aux professeurs, sans prêter attention au groupe d'élèves qui marche en sens inverse. Sa robe bleue mi-longue vole, ainsi que ses cheveux bouclés sur ses épaules.

« Monsieur Abram ! », crie-t-elle.

Kobène se retourne, et en voyant Nourine, il passe une main dans ses cheveux et sourit. La jeune femme entend soudain, tandis qu'elle arrive en face de l'enseignant : « *Qu'est-ce qu'elle est belle !* » Surprise, Nourine le considère un moment. Elle trouve tout à coup son sourire désarmant, et en oublie ce qu'elle voulait dire.

« Ça va, Nourine ? commence Kobène en la fixant droit dans les yeux, tu désirais me dire quelque chose ?

— Oh ! euh, oui… Je voulais te demander de me laisser les fichiers ouverts, quand tu sortiras de la salle informatique…

— Ah, je suis dans la F maintenant, j'ai échangé avec Philippe. »

Nourine laisse échapper un soupir de dépit à l'évocation du prénom du professeur de mathématiques. *Je n'ai pas envie de le voir, ce Philippe.*

« Il lui fallait deux postes en plus, explique Kobène en rajustant sa besace sur son épaule.

— Très bien, je verrai ça avec lui. Merci, Kobène, dit-elle en partant.

— Tu nous rejoins en salle des profs ?

— Oui, j'arrive bientôt, assure-t-elle sans se retourner, amusée par cette question.

— À tout de suite, madame Shafik.

— Au fait, du nouveau de ton côté ? s'arrête-t-elle en le regardant.

— C'est en bonne voie », annonce-t-il, tout sourire.

Il ne m'a pas l'air plus préoccupé que ça, finalement. De toute façon, on peut le rayer de la liste, se dit-elle en regagnant sa salle lentement. Ce qui maintenant occupe ses pensées, c'est le commentaire perçu : *Alors comme ça, il me trouve belle !* Elle se souvient qu'elle a laissé la porte de sa salle ouverte, elle se dépêche. En arrivant, le cœur de Nourine bondit. Elle étouffe un cri et se précipite vers la fenêtre, un élève a la moitié du corps de l'autre côté, ses pieds ne touchent presque plus le sol. La jeune femme tire de toutes ses forces sur le sac à dos jaune, le buste de l'élève ramené en arrière brusquement reste un moment coincé dans l'étroite fenêtre. Nourine voit Liam tourner difficilement la tête. La mine d'abord stupéfaite, il sourit. Nourine l'aide à se dégager sans qu'il fasse un geste : il a en main un oiseau vert et rouge.

« Madame Shafik, regardez ! s'écrie-t-il, désinvolte, une fois totalement dégagé.

— Liam, que faites-vous ici ? demande sèchement l'enseignante, partagée entre colère et soulagement.

— La CPE… Mme Ibramovitch m'a demandé de vous remettre une feuille. Je l'ai déposée sur votre bureau… et puis j'ai vu cet oiseau sur le rebord de la fenêtre. » L'oiseau fixe Liam qui tente d'un souffle de remettre sa mèche en arrière. « J'ai voulu l'attraper, mais il n'a pas cessé de bouger et…

— C'est pour un oiseau que vous avez ainsi risqué de passer par la fenêtre du deuxième étage, Liam ? »

Nourine ne peut contenir sa colère, la nonchalance de l'adolescent l'exaspère.

« C'est un oiseau que j'ai déjà vu, il est rare, on dirait un colibri et… » Liam s'arrête brusquement. Il contemple attentivement l'animal. Nourine s'abstient de lui apprendre que les colibris vivent du côté de l'Amérique du Sud, elle sent d'un coup qu'il est sur le point de confier quelque chose. Elle perçoit le son d'une clochette, plus aigu cette fois : « *Dis-lui ! Allez, dis-lui !* »

« En fait, reprend l'adolescent, après la mort de Farid… c'est mon cousin… c'était… En fait, j'ai… j'ai voulu… partir moi aussi. C'était trop dur, ça faisait trop mal, madame, trop mal… » Liam garde les yeux sur l'oiseau. La jeune femme regarde son élève sous les premiers rayons de soleil après la pluie, elle a l'impression de le voir rétrécir sous ses yeux. Sa colère cède peu à peu la place à la compassion.

« Et puis un jour, continue-t-il, cet oiseau, je suis sûr que c'est le même, madame, il s'est posé sur un livre. Un livre que mon cousin m'avait offert… Alors je l'aime bien, cet oiseau… Et j'ai plus envie de partir. » Il lève les yeux vers Nourine en souriant légèrement. Nourine expire très lentement afin de rester calme. Elle remarque qu'elle touche ses cheveux, comme chaque fois qu'elle est en proie à la nervosité. Elle est sur le point de dire quelque chose, mais l'oiseau voltige autour de Liam et s'envole par la fenêtre.

« Ah ! J'ai l'impression que j'ai fait peur à votre ami l'oiseau, plaisante-t-elle. Liam, je suis désolée pour votre cousin. Est-ce que vous avez parlé de vos idées suicidaires à quelqu'un ?

— Ouiii, merci, madame Shafik, mes parents me forcent à voir un psy ! Ça m'a bien fait ch… (Il s'éclaircit la voix.) Ça m'emm… bêtait, mais finalement c'est cool, dit-il en prenant la direction de la porte.

— Si je peux vous aider en quoi que ce soit, dites-le-moi.

— Merci, madame Shafik, à lundi », dit-il en quittant la pièce.

Nourine, sous le choc mais soulagée, s'approche de la fenêtre encore ouverte, elle prend une bouffée d'air rafraîchi par la pluie puis prend soin de bien refermer. Elle ne peut s'empêcher de penser à Daoud, à la souffrance qu'il a dû connaître sans qu'elle le remarque. Elle soupire. *Heureusement que je n'ai pas interrompu Liam avec un cours sur les colibris, il ne se serait jamais confié !* Elle consulte sa montre, il lui reste moins de dix minutes de pause. Elle envoie rapidement une note à la conseillère d'éducation pour solliciter un entretien dans l'après-midi afin de rapporter l'incident et donner les nouvelles rassurantes de Liam. Puis elle prend son sac et s'empresse de quitter la salle qu'elle prend bien soin de refermer derrière elle. *Maintenant, je peux rayer Liam de la liste*, se réjouit-elle.

Chapitre 23

Samedi 21 mars

« Tu sais, c'était peut-être Liam, après tout, lance Caroline, en FaceTime avec Nourine.

— Je ne sais pas trop. J'ai entendu la pensée le jour même et lui m'a confié ne plus envisager le suicide.

— C'est ce qu'il a dit ?

— Pas comme ça… avec ses mots, mais je le crois.

— D'accord… réplique Caroline sans grande conviction.

— J'ai encore quelques jours devant moi pour observer les autres élèves, fait remarquer Nourine dans son long sweater à capuche, les cheveux relevés.

— Tu dois bien avoir une idée, Nourine, il y a forcément un élève qui s'isole ou agit différemment.

— Mais toi aussi, non ? Tu as cette classe également, proteste Nourine, un peu agacée.

— Je sais, c'est contrariant, mais je dis ça pour faire avancer l'enquête.

— Oh ! excuse-moi. C'est vrai que c'est frustrant. Une partie de moi aurait bien voulu que ce soit Liam… pour en finir.

— Je te comprends.

— Pour répondre à ta question, oui, j'avais bien trois élèves en tête, dont Liam, mais on peut le rayer de notre liste… Restent Miss Sourire et Slimane.

— Ah oui ? Slimane ? répète Caroline.

— Oui. Tu n'as pas remarqué qu'il a l'air toujours ailleurs ?

— Maintenant que tu le dis… Tu n'as pas tort, je vais le surveiller de près.

— Miss Sourire m'a paru différente hier… Elle avait l'air préoccupée.

— Miss Sourire ? Hier, je ne l'ai pas eue. Tu te souviens qu'on n'est pas les seules à avoir remarqué son changement.

— J'en parlerai à Mme Ibramovitch, propose Nourine.

— On va y arriver, ne t'inquiète pas », la rassure son amie, qui a ce jour-là les cheveux relevés en chignon, ce qui accentue la rondeur de son visage.

Un visage souriant tout aussi rond mais avec de grosses lunettes noires apparaît tout à côté de la tête de Caroline, essayant d'occuper tout l'espace du petit écran de téléphone.

« Coucou, Nouriiiine.

— Oh, Maman ! s'écrie Caroline.

— Ah, bonjour, madame Durane.

— Appelle-moi Nikki ! Nikki ! Décidément, tu ne t'y habitues pas. »

Elle secoue la tête, faisant à peine bouger sa courte chevelure grise autour de son visage, jeune pour son âge.

« Oui, c'est vrai, désolée… Nikki, sourit Nourine.

— Tu vas bien ? »

Nikki essaie tant bien que mal de placer intégralement sa tête sur l'écran sans exclure sa fille.

« Oui, merci, Nikki, je vais bien, répond Nourine, sur le point d'éclater de rire tant les tentatives de Mme Durane pour apparaître seule sur l'écran l'amusent.

« Oh ! t'es en sweater, toi aussi, ricane-t-elle. Moi aussi, et de la même couleur en plus ! »

Elle fait soudain descendre la main de sa fille pour filmer son sweater jaune à capuche, ce qui provoque le fou rire de Nourine.

« Ma-maaan ! », se plaint Caroline.

Nikki remonte la main de sa fille et prend la place sur l'écran, en rapprochant son visage afin de mieux voir, en dépit de ses lunettes qu'elle repositionne systématiquement du bout de son doigt.

« Oh ! ce jaune te va bien, avec ce teint marron… Très joli. Tu sais que tu ressembles aux actrices de Bollywood ?

— Tu lui as déjà dit, Maman… À chaque fois que tu la vois ! se lamente Caroline.

— Oh, et alors ? C'est vrai ! proteste Nikki, sous les yeux rieurs de Nourine. Je suis ici en visite express. Là, je m'apprête à aller à la salle de sport, Nourine. Je vais "zoumber". » Nourine éclate de rire. « C'est comme ça qu'on dit, non, quand on pratique la zumba ?

— Maman, râle Caroline.

— Il paraît que tu as vu sa belle-mère dernièrement, continue Nikki sans prêter attention à sa fille. As-tu réussi à apercevoir la couleur de ses dents ? Moi, toujours pas. Ou peut-être la couleur de ses canines ?

— MAMAAAN ! crie Caroline, désespérée, ce qui provoque de nouveaux éclats de rire chez Nourine.

— As-tu remarqué la petite mine de ma fille ? demande Nikki sans transition, ce qui exaspère la concernée.

— MAAAAMAN, enfin ! »

Nourine, surprise et puis amusée, essaie cette fois de contenir son rire, par solidarité avec son amie. Nikki n'attend pas la réponse pour continuer :

« Tu sais, ça la tracasse beaucoup cette histoire avec Ivan. » Caroline, derrière sa mère, ouvre grand les yeux de stupéfaction. « Bon, ce n'est pas sa faute, il a changé d'avis, mais… Et ma Caroline, elle a attendu… Ils s'étaient mis d'accord… Hum, Caroline ? »

Caroline, embarrassée, garde le silence. Sa mère lui arrache le téléphone des mains pour occuper tout l'écran, au grand dam de sa fille qui n'intervient même plus. Nourine, redevenue sérieuse, écoute attentivement Nikki.

« Tu sais, moi aussi je veux un petit-fils ou une petite-fille. Ou les deux ! s'esclaffe-t-elle. C'est vrai, il y a Gabriel, mon petit chou… mais il a déjà ses deux mamies… Pas très commodes, soit dit en passant. Bref, elles ne souhaiteront sans doute pas partager éternellement ! Je pourrais me rabattre sur le demi-frère de Caroline, Mourad. Il est aussi comme un fils pour moi, mais il ne désire pas d'enfant, alors… C'est dur pour elle, tu sais… Qu'est-ce qu'elle va faire à trente-sept ans si Ivan ne veut vraiment pas avoir d'autre enfant ? »

Caroline arrache le téléphone des mains de sa mère.

« Bon, d'accord, Maman, on a compris, tu es inquiète. Ton cours commence bientôt.

— Ouh là là ! D'accord, je prends mon sac et j'y vais. » Elle agrippe la main de sa fille et replace l'écran devant ses yeux. « Réfléchis bien, toi aussi, Nourine, quand tu rencontreras ton futur… Du moins, discutez bien ensemble ! Mais en même temps, si on change d'avis, qu'est-ce qu'on peut faire ? » « *Aucune chance qu'il change d'avis, mais elle ne veut pas le comprendre* », capte Nourine. « Bon, allez, cette fois, je vous laisse entre jeunes, je dois partir. »

Elle envoie un baiser à une Nourine décontenancée aussi bien par le discours que par la pensée qu'elle vient d'entendre. Nikki replace l'écran devant le visage, triste, de sa fille. *La pauvre*, ne peut-elle s'empêcher de penser. Caroline attend le claquement de la porte pour parler.

« Ah, mon Dieu ! Là, maintenant, je veux un endroit au vert pour réfléchir au calme, dit-elle avec un sourire laconique. Inutile que je te demande si tu as entendu quelque chose de ma mère, elle dit tout ce qui lui passe par la tête. »

Nourine se contente de rire avec son amie, elle ne lui dira rien des pensées de sa mère.

« Bon, revenons à nos moutons ! s'exclame la professeure de philosophie, soudain plus gaie.

— On disait qu'on surveille Slimane et Miss Sourire, récapitule Nourine.

— On les surveille en particulier, mais on surveille toute la classe, c'est bien ça ?

— Oui, c'est ça. » Nourine bascule la tête en arrière un moment. « Je n'en reviens pas, on y est presque, Caroline, on y est presque ! lance-t-elle. On a juste une classe à observer, maintenant !

— Plus qu'une classe, répète Caroline.

— J'ai l'impression que le poids sur mes épaules s'allège légèrement. »

Nourine se réjouit intérieurement, elle a l'impression de se racheter un peu de ce qu'elle considère comme un manque d'attention envers son cousin.

Chapitre 24

Nourine rentre de sa marche silencieuse en fin d'après-midi. Les discussions avec les participants après la marche l'ont distraite de ses préoccupations. Elle n'a entendu aucune pensée, pour son plus grand soulagement. Une fois son dîner mis à mijoter et sa prière du coucher du soleil exécutée, elle s'installe dans son sofa. Une boisson pétillante et des biscuits apéritifs sur un plateau, elle s'apprête à allumer le téléviseur, mais son regard se pose sur le piano à côté. Elle l'observe. Expire lentement. Elle a très envie de téléphoner à Daoud. Nikolas lui a confirmé son retour de Bosnie. Elle se demande, néanmoins, ce qu'elle pourrait lui dire après ces mois de silence. Elle déplore d'en être arrivée là, ils étaient si proches : chaque samedi matin, ils échangeaient les nouvelles de la semaine. Parfois, ils petit-déjeunaient ensemble. Elle regrette ce temps-là. Elle regrette plus encore d'avoir pris ses distances. Elle opte pour un SMS.

Elle saisit son téléphone posé auprès d'elle, cherche le nom dans ses favoris, ouvre l'écran pour les messages. Elle ne sait par quoi commencer. Sauf pour les fêtes, ils ne s'écrivent pas. Son dernier SMS remonte à deux mois, pour l'Aïd al-Adha, la fête religieuse commémorant le sacrifice d'Abraham. Elle se demande s'il veut communiquer en dehors de ces dates ; après tout, une fois la peur de le perdre passée, elle a fait partie de ces personnes moralisatrices lui rappelant la valeur de la vie, la nécessité de la patience face à l'adversité, faisant fi du ressenti, de la détresse de son cousin. Elle soupire, exaspérée, hésite un instant. Elle n'a pas le courage. Elle s'imagine fermer la page des contacts, mais son doigt appuie sur « appel ». Nourine panique, elle clique nerveusement sur l'écran sans parvenir à annuler l'appel. « Allez ! Bon sang, arrête-toi ! », s'écrie-t-elle entre ses dents. Tout à coup, elle craint d'entendre les pensées de Daoud, s'il décroche. « Oh, mon Dieu, pas ça ! », grommelle-t-elle.

« Allô ! Allô, Nourine ? »

La jeune femme se fige. *Il a décroché !*

« Allô... Nourine ? »

— Daoud, prononce-t-elle fébrilement, *salam aleykoum.* »

Elle ferme les yeux un instant et tente de respirer calmement, en caressant ses cheveux d'une main.

« *Wa aleykoum salam*, cousine. Ça fait plaisir de t'entendre. »

La jeune femme perçoit avec soulagement la joie dans la voix de son cousin, la pression descend d'un cran. Seulement, prise de court, elle ne sait pas quoi lui dire.

« Alors ?... » Elle grimace, secouant la tête tant elle se sent idiote de commencer ainsi.

« Alors ? Alors, ça va. Je suis au ciné, j'allais entrer dans la salle et j'ai vu ton appel. »

Nourine entend le sourire de son cousin à travers le téléphone, la pression retombe d'un autre cran.

« Quel film as-tu choisi ? »

Elle tente de garder la conversation la plus légère possible.

« Je vais voir le dernier Spielberg.

— Ah, oui !

— Oh, cousine Nour, je reconnais ce "Ah, oui !".

— Je n'ai rien dit ! », se met à rire la jeune femme. Elle se sent déjà plus détendue.

« Tu l'as vu, c'est ça ?

— Oui, je l'ai vu… il y a peut-être deux semaines.

— Tu ne l'as pas aimé !

— Hmm… On pourra toujours en discuter.

— Je vois, s'esclaffe-t-il. J'ai hâte de le voir pour comprendre ce qui ne t'a pas plu. »

Nourine rit pour toute réponse, complètement détendue.

Les deux cousins échangent très brièvement d'autres nouvelles. Ils se fixent un rendez-vous téléphonique pour reparler du film le samedi suivant, le matin, comme ils en avaient l'habitude. La conversation terminée, Nourine ressent une sensation de bien-être l'envahir, un grand apaisement. Elle soupire longuement, un grand sourire aux lèvres. Elle se demande bien pourquoi elle a attendu si longtemps pour l'appeler. Elle se lève d'un bond, joyeuse, et marche droit vers le piano. Elle ouvre le clapet, ses doigts glissent rapidement sur les touches. Entendre ce son familier la ravit, elle s'installe et interprète un petit air. Puis regarde la pendule. « Bientôt 20 heures ! Tard, mais pas trop ! » La jeune femme décide de jouer jusqu'à l'heure de la dernière prière de la journée, vingt minutes plus tard. Elle se convainc que ses voisins ne lui en voudront pas de jouer, après des mois de silence.

Chapitre 25

Lundi 23 mars

Nourine vérifie sa classe avant l'arrivée de ses élèves de troisième A. Elle jette un œil à travers la fenêtre, la pluie recommence à tomber. Elle ouvre une des vitres et observe des passants qui se pressent en baissant la tête, d'autres, plus sereins, ouvrent leur parapluie. Ce matin-là, Nourine ressent une forme de quiétude, la veille, elle n'a pratiquement pas quitté son piano de l'après-midi. Elle a pensé à ses petits voisins, Nawal et Charlie ; elle était heureuse. Son coup de fil par erreur à son cousin Daoud, le samedi soir, lui a redonné espoir : leur relation, au point mort depuis longtemps, peut renaître. Ces événements l'ont éloignée pour un temps de sa grande préoccupation du moment. Elle referme la fenêtre, la troisième A ne va pas tarder à entrer.

Nourine étudie un à un les élèves qui entrent dans la classe. Chacun la salue et laisse son portable dans le casier. Une chose la frappe : les jupes de certaines jeunes filles sont anormalement courtes et Makeba, qui ne porte jamais de jupe, en porte une, visiblement remontée très haut au-dessus des genoux, avec une chemise exagérément ouverte. Les filles s'installent, le regard posé sur Liam. Mme Ibramovitch, la CPE, a signalé aux professeurs et aux assistants d'éducation lors de la réunion mensuelle un « phénomène bizarre » : « Les jupes rétrécissent dans la journée et les boutons de chemise des jeunes filles disparaissent passé midi. Je compte sur vous pour le rappel du règlement », a-t-elle demandé. Nourine referme la porte.

« Mesdemoiselles et messieurs, commence-t-elle en balayant la classe du regard, je vous rappelle que les chemises doivent être boutonnées. Seuls deux boutons peuvent rester défaits. Les jupes et les pantalons doivent être portés correctement, c'est dans le règlement. »

Les élèves, d'abord stoïques, échangent des regards.

« Et je ne le répéterai pas. »

À ce moment, des élèves rajustent leur jupe, d'autres boutonnent leur chemise jusqu'à un niveau décent, selon l'établissement. Nourine surprend Miss Sourire faisant une remarque à ses camarades les yeux levés au ciel : « Il s'en fiche, en plus ! C'est ri-di-cule ! » La professeure demande le silence. Slimane regarde furtivement Makeba, elle rallonge sa jupe alors que Liam fixe son cahier. Un drelin-drelin alerte Nourine : « *J'suis pressé que ça se finisse.* » Nourine s'arrête soudainement devant son bureau : *Est-ce lié au 3 avril ? On se calme, Nourine, c'est sans doute un élève qui veut juste en finir avec mon cours !* se rassure-t-elle en saisissant son livre de leçons.

La professeure a revu l'ordre de son programme : au lieu de traiter de la santé mentale en mai et juin, elle a décidé de l'aborder dès ce mois de mars, ce qui déconcerte certains élèves.

« C'est pas vers la fin de l'année qu'on doit voir ce chapitre, madame ? interroge Liam, son livre à la main.

— Oui, normalement, mais j'ai décidé d'intervertir, étant donné que vous allez recevoir des informations sur la prévention du suicide dans l'application. Vous avez dû remarquer les posters sur le sujet dans le foyer des élèves. J'ai donc pensé que ce serait une bonne idée. »

Évidemment, elle ne leur avoue pas que c'est pour s'assurer que chacun dans cette classe dispose vraiment des informations de prévention. « À cet âge, les éléments donnés par les professeurs passent souvent à la trappe ! », avait-elle confié à Caroline lorsqu'elle lui avait expliqué son intention.

Des commentaires sur lesdits posters vont bon train dans chaque groupe de la classe. Nourine entend un tintement : « *De toute façon, ça change rien, je veux le faire le 3 avril.* » Elle inspire profondément, afin de rester le plus calme possible. *Dieu merci, on ne peut pas entendre les battements furieux de mon cœur !* Elle ne ramène pas le silence dans sa classe, tandis que les discussions commencées en chuchotant augmentent de volume. Elle tente de masquer sa déception. *Mes plans de prévention ne semblent pas convaincants... On se calme, Nourine. J'ai encore du temps*, se motive-t-elle. Elle tape des mains, le silence revient.

Elle observe la classe pendant que chacun cherche la page de la leçon. Elle s'attarde sur Miss Sourire, son livre déjà ouvert à la bonne page, les yeux dans le vague, et Slimane, qui paraît très en colère.

Pendant que les élèves rédigent leurs réponses à des commentaires, Nourine se félicite d'enseigner cette matière. Soudain, les propos de son frère lui reviennent en mémoire : « Tu es prof d'éducation civique, non ? Tu abordes bien les sujets de santé mentale ? Alors pourquoi es-tu aussi fermée, Nour ? Pourquoi tu juges Daoud si sévèrement ? Qu'est-ce que tu enseignes aux élèves, exactement ? » Ce jour-là, Nourine était restée sans voix. Chez elle, elle venait de confier à Nikolas sa surprise à l'interdiction de visite auprès de Daoud, cela l'avait déçue et fâchée. « Je veux simplement l'aider ! avait-elle plaidé.

— Tu lui fais la morale, Nour ! Je n'appelle pas ça aider ! », lui avait sèchement rétorqué Nikolas. Le visage de la jeune femme s'obscurcit au souvenir de cette discussion houleuse. *Nikolas n'avait pas tort, maintenant, je le sais.*

Les élèves reprennent un à un leur portable avant de quitter la salle. Fanny marche derrière ses copines, Nina et Awa, elles sont les dernières à sortir de la classe. Puis la jeune fille rebrousse chemin sans prévenir ses camarades.

Elle s'approche, hésitante, du bureau de Nourine qui met de l'ordre sur son bureau avant de pouvoir commencer à rédiger le compte rendu du cours.

« Ben alors ! Tu viens, Fanny ? », interpelle Awa en remettant sa chevelure blonde en arrière.

Nourine lève la tête.

« Vous souhaitez me parler, Fanny ?

— Oui, madame, euh… » Elle se retourne. « Je vous rejoins, les filles. » Ses deux camarades, debout à l'entrée, haussent les épaules et quittent la salle de classe.

« Approchez, Fanny, invite Nourine en cachant sa nervosité. Je vous écoute. *Oh, mon Dieu, c'est peut-être elle.*

— En fait, madame, je ne sais pas trop si vous pouvez m'aider…

— Je vous le dirai, si je ne le peux pas. Cependant, je saurai certainement vous orienter vers la bonne personne ou le bon service. »

Ces mots semblent rassurer l'adolescente.

« D'accord, euh… » Elle rit nerveusement. « En fait, madame, le week-end prochain, mon père veut nous présenter, à mes sœurs et à moi, à sa nouvelle copine. » Elle soupire. « Mais moi, j'ai envie de rester avec ma mère… Je l'ai déjà vue, sa copine ! En plus, ce week-end, c'est pas SON week-end… Je ne sais pas quoi faire. Voilà, c'est ça mon dilemme, madame. » Elle souffle de soulagement et sourit.

Silencieuse, Nourine réfléchit. Elle est un peu déçue, elle imaginait avoir trouvé la personne du 3 avril.

« D'accord, hum… Qu'en pense votre mère ?

— Oh ! ma mère… elle est d'accord avec mon père. Elle dit que même si je l'ai déjà rencontrée, c'est une présentation officielle. Mais moi, je ne veux pas rester chez mon père ce soir-là, proteste Fanny.

— Ah, je vois. » Nourine bascule la tête en arrière et se concentre un instant. « Voilà, dit-elle en regardant Fanny, pouvez-vous vous y rendre quelques heures, le temps des présentations, et revenir chez votre mère ensuite ?

— Oh, madame Shafik, je n'y avais pas pensé ! se réjouit Fanny. Mais il faudrait que mon père me ramène ou que ma mère vienne me chercher, se désole-t-elle.

— Posez-leur la question, ça ne dérangera peut-être pas.

— Ah oui ! Merci, madame Shafik.

— C'est ce qui vous préoccupait ? Vous sembliez ailleurs, ces derniers jours.

— Ouiiii ! Depuis la semaine dernière, je tourne ça dans ma tête, madame, explique-t-elle, enjouée.

— Depuis la semaine dernière. Je vois… je vois », répète Nourine, souriante. *C'est toujours une de moins sur la liste.*

***

Tandis qu'elles sont attablées dans leur restaurant du lundi, Nourine expose à Caroline les préoccupations de Fanny. Elles se mettent d'accord pour la rayer de la liste, ainsi que Liam. Slimane reste le suspect sérieux. Caroline soumet une hypothèse :

« Ce doit être difficile d'être le benjamin d'Hector et de Younous. Je crois que certains élèves les appellent "les beaux gosses", et en plus, Slimane est très différent, physiquement.

— Ça, c'est sûr, physiquement, il n'y a pas photo, lui menu, pas très grand, et ses frères, très grands, assez costauds.

— Et populaires ! insiste Caroline en levant son couteau, il doit se sentir rejeté.

— Il a des vues sur Makeba Lenoir, ajoute Nourine.

— Ah oui, c'est vrai.

— Tu as remarqué, toi aussi ?

— Qui ne l'a pas remarqué ? commente Caroline avant d'avaler une bouchée de sa viande.

— Hum, Makeba », répond Nourine en se moquant légèrement.

Caroline pouffe de rire.

« En parlant d'amour de jeunesse, reprend Nourine, l'homme de la garc…

— Le goujat ?

— Oui, le goujat… Figure-toi que finalement, ce n'en est pas un.

— Ah oui ? Explique-toi… tu lui as parlé ? »

Nourine lui raconte que le matin même, pendant qu'elle attendait le train sur le quai, des écouteurs sur les oreilles pour prévenir toute captation de pensées, l'homme lui a touché légèrement le bras pour attirer son attention. Nourine ne l'avait pas vu arriver. Elle l'avait trouvé charmant, de plus près. De toute évidence, il avait eu l'air un peu embarrassé, ce qui avait sur le moment intrigué la jeune femme : *Un goujat gêné ?*

« Excusez-moi, madame, de vous interrompre, mais cela fait plusieurs jours que j'aimerais vous parler. »

Nourine s'était contentée de lui sourire en ôtant et rangeant ses écouteurs.

« Vous me rappelez une camarade de classe que j'ai eue... à la maternelle, la dernière année de maternelle », avait-il précisé en riant nerveusement.

Nourine s'était cantonnée à l'écouter en souriant, désarmée par cette candeur inattendue.

« Vous n'êtes pas Aurora ? avait-il enfin demandé. Ou peut-être de la famille d'une certaine Aurora ? »

Nourine s'apprêtait à lui répondre quand elle avait saisi : « *Elle doit me prendre pour un fou, ou pour un pauvre type qui la drague.* » Au lieu du simple « non » qu'elle se préparait à lui rétorquer, elle formula une réponse plus longue, qu'elle voulut rassurante, pour contredire la pensée entendue. Ils avaient finalement discuté un peu. Il lui avait révélé que sa femme l'avait poussé à lui poser la question : « Dans une gare pleine de monde, elle te répondra sûrement. » Il s'était décidé à lui adresser la parole, parce qu'après deux semaines, sa femme s'était doutée que Nourine devait assimiler son mari à un fou ou à un pervers.

« Ouah ! Quelle histoire ! s'exclame Caroline.

— C'est fou, n'est-ce pas ? commente platement Nourine.

— Tu m'as l'air déçue… Mieux vaut cette histoire qu'un mari goujat, non ?

— Oh ! c'est certain, mais… ça veut dire que je ne lui plaisais pas ! Je ne plais pas aux hommes au bout du compte, et en plus, visiblement, j'ai l'air d'être quelqu'un qui était en dernière année de maternelle il y a quarante ans à peu près, se plaint Nourine, le nez dans son assiette.

— Ne dis pas n'importe quoi… Oh ! ça me rappelle que mon cher et tendre frère, Mourad, a enfin répondu à mon message concernant Mickaël, s'enthousiasme Caroline. Mickaël, répète-t-elle devant le regard interrogateur de Nourine. Tu sais, Mickaël, le café encore fumant ?

— Ah oui ! Oh là là ! Il m'était complètement sorti de l'esprit… Vas-y, raconte-moi, quelle excuse a-t-il donnée pour m'avoir laissée face à mon café fumant ? »

Mais Nourine interrompt Caroline sur le point d'expliquer :

« C'est intéressant que ma dernière remarque t'ait fait penser à lui… Je ne plais pas, donc tu confirmes mes propos, n'est-ce pas ? ironise Nourine, un sourire aux lèvres.

— Mais dis donc, tu es de méchante humeur ! s'esclaffe Caroline. Tu n'y es pas.

— D'accord, raconte, je t'écoute, sourit Nourine.

— Eh bien, d'après Mourad, il s'est remis avec son ex.

— Il était déjà avec son ex quand on s'est vus ?

— Non, non, objecte Caroline, quand vous vous êtes rencontrés, ils venaient juste de reprendre contact, alors il ne pouvait pas TE FAIRE ÇA. »

Des clients d'une table voisine tournent la tête vers elles. Nourine étouffe un rire.

« Il ne pouvait pas aller plus loin, reprend Caroline, tu comprends ?

— Il aurait pu le dire autour d'un café, on venait juste de se rencontrer. Ce n'est pas comme s'il me trompait ou qu'il LA trompait, s'agace Nourine.

— Ah, mais je suis d'accord avec toi, Nourine, tempère Caroline en regardant autour d'elle.

— Désolée, j'ai besoin de vacances, s'excuse Nourine avec un sourire. En tout cas, c'est tout à son honneur, en fin de compte.

— En parlant de vacances... », commence Caroline en déposant ses couverts. Elle regarde une table plus loin avant de continuer : « Cette affaire m'a beaucoup fait réfléchir. Je vais demander un arrêt pour le mois d'avril, j'ai besoin de me mettre au vert pour me pencher sur mon avenir. » Elle avale une gorgée d'eau sous les yeux curieux de son amie. « À son retour de week-end, on a discuté un peu, avec Ivan.

— Et ?

— Il a écouté plus ou moins ce que j'avais à dire et l'on s'est mis d'accord pour en reparler jeudi... (elle s'éclaircit la voix) à tête reposée. » Elle rit doucement. « Je t'avoue que quand je me suis exprimée, tout n'est pas sorti e-xac-te-ment comme je le voulais.

— Je vois », ne peut s'empêcher de rire Nourine. Elle avale une gorgée d'eau, puis suit le regard de son amie vers la table, un peu plus loin.

Deux hommes en costume terminent de déjeuner, l'un consulte son portable en souriant tandis que l'autre, en face, s'agite, impatient.

« J'ai l'impression que le monsieur en face veut dire quelque chose à son collègue ou ami, chuchote Caroline, mais… l'autre semble trop absorbé par son téléphone.

— Tu crois ?

— Oui. » Caroline regarde Nourine. « Parce que je me reconnais un peu dans cette situation, quand je suis avec Mourad. » Elle observe de nouveau furtivement les deux hommes avant de poursuivre : « Dès que je veux lui parler de quelque chose d'assez important, ça ressemble à peu de chose près à cette scène. Il n'écoute pas, répond toujours à ses messages en pleine conversation, il dit oui et puis… Il me dit : "Attends, je réponds à ce message", ou "Attends, attends, je prends l'appel." Ou alors : "Bidule m'a envoyé un truc super drôle, tu vas voir"… »

Caroline secoue la tête.

« Ah, oui… Ce n'est pas… sympa », compatit Nourine, songeuse, sans quitter les deux hommes des yeux, tandis que son amie fait signe à Adil, leur serveur.

Nourine repense soudain à Daoud. Avec lui, elle tenait le rôle de l'homme scotché à son portable. Elle se revoit avec son cousin chez lui pour le déjeuner. Il lui confiait ses difficultés avec son père, son travail ; elle l'interrompait par intermittence, pianotant sur son téléphone. À l'époque, elle suivait sur les réseaux sociaux, avec ses copines de la mosquée, un professeur, chanteur, musulman, réputé en Izzedine. Elles adhéraient à ses positions religieuses, commentaient ses vidéos ou ses photos mises en ligne. Sans vraiment écouter Daoud, Nourine lui racontait ce qu'elle partageait avec ses amies. Parfois, revenue de son excitation, elle lançait : « Pardon, tu disais quoi, déjà ? » Il répondait invariablement : « Oh, j'ai oublié... Ce n'était rien d'important. »

« Nourine ? Nourine, tu prendras quelque chose ? demande Caroline, l'air inquiet, tandis qu'Adil attend, une tablette à la main, prêt à enregistrer son éventuel dessert.

« Euh... non, juste un thé vert pour moi, Adil.

— Très bien, dit le serveur avant de s'éloigner.

— Tu vas bien ? s'inquiète Caroline. Tu es toute pâle, d'un coup. »

Nourine lui raconte ce qui lui est revenu en mémoire.

« Tu ne penses tout de même pas que c'est ta faute s'il a tenté de se suicider ?

— Non ! proteste-t-elle, sans conviction. Non, mais je me dis que j'aurais dû l'écouter... Peut-être qu'il m'aurait confié ses intentions ou...

— Peut-être ! l'interrompt Caroline. Tu n'en sais rien et PEUT-ÊTRE que tu n'aurais pas su quoi faire. PEUT-ETRE qu'il voulait juste te proposer un dessert, comme aujourd'hui, sourit Caroline. Nourine, tu ne peux pas revenir en arrière. En revanche, tu peux ranger ton portable pendant les repas… Soit dit en passant, j'ai remarqué qu'il ne traînait plus sur la table pendant nos repas, rit-elle.

— Oui, c'est vrai, pouffe Nourine. Blague à part, Lionel m'a dit quelque chose d'un peu similaire dernièrement : je ne peux pas revenir en arrière.

— Aaah ! Alors ? Je parle comme une pro ! », s'extasie la philosophe, triomphante.

Nourine lui révèle alors son coup de fil, par erreur, à Daoud.

« Ça m'a l'air de bon augure, tout ça, commente Caroline.

— Tu crois ?

— Oui, tu ne penses pas ?

— J'ai envie de croire qu'on va se reparler plus souvent… sans doute pas comme avant, mais plus souvent…

— Comme avant, c'est sûr que non… Tu as changé, toi aussi.

— Oui, c'est vrai. »

Et on peut dire que notre enquête y est pour quelque chose.

Chapitre 26

Mardi 24 mars

Les collègues de Nourine bousculent un peu la jeune femme assise sur le tabouret de l'îlot, à côté d'un Kobène particulièrement joyeux. Chacun veut le féliciter pour sa nomination au poste de professeur de philosophie à l'université dans le centre de Gefflait. La nouvelle s'est répandue comme une traînée de poudre dès son annonce au début de la pause. « Kobène a reçu une réponse positive. » Une tape dans le dos pour certains, des félicitations de vive voix, des poignées de main, même Philippe s'est joint de bon cœur aux félicitations. Kobène se délecte de cette attention. Malika s'est levée de son fauteuil afin de féliciter le nouveau professeur d'université. Puis elle est restée sur un tabouret non loin de Caroline. Assise à l'opposé, Nourine remarque l'air mélancolique de son amie philosophe qui observe le ballet des collègues félicitant Kobène. Elle n'a pas de mal à imaginer ce qu'elle peut penser. Elle se souvient des premiers mois après leur rencontre : Caroline lui avait confié avoir renoncé à une offre de poste de directrice de département dans un très grand lycée pour concrétiser son projet de devenir mère.

Nourine perçoit d'un coup un grand courant d'air. Les collègues se dispersent enfin. Elle boit une gorgée de son jus d'orange quand Kobène l'interpelle.

« Nourine, commence-t-il en fixant sa tasse de café, maintenant que je quitte le lycée, il n'y a plus de raisons de ne pas se voir en dehors pour un café. »

Nourine manque de s'étouffer. Caroline retrouve le sourire, Malika ouvre grand la bouche. Franck, debout derrière Caroline, observe la réaction de Nourine qui éponge ses lèvres, les yeux baissés, tandis que le silence gagne peu à peu la pièce. Nourine sent toute l'attention de la salle portée sur elle. *Oh, mon Dieu, qu'est-ce qu'il me fait, là ?* Hébétée, elle ose lever la tête vers Kobène qui la fixe maintenant droit dans les yeux, sûr de lui. La jeune femme sait que ses joues deviennent visiblement rouges, malgré son teint marron : elle sent le sang lui monter aux joues.

« Hum… oui… oui, pourquoi pas ? finit-elle par répondre en jetant un œil furtif à son amie, laquelle garde la bouche grande ouverte de surprise.

— OK, OK, c'est parfait, dit-il, imperturbable, avant d'avaler une gorgée de son café.

— Oh là là, Kobène Abram, s'écrie enfin Malika en se levant difficilement de son tabouret, nous venons d'assister là à une jolie prise d'initiative ! Entreprenant, le jeune homme, vous avez noté, messieurs ? »

Cette fois, Nourine n'ose plus relever la tête, même pour chercher du secours dans les yeux de son amie.

« J'étais entreprenant comme ça quand j'étais jeune ! », commente Philippe à la surprise générale.

Le ricanement aigu et stupéfait de Malika brise le silence.

« Mais oui, c'est vrai, pourquoi ricanes-tu ainsi ? J'avais une autre vie, avant d'être prof ! rouspète le professeur de maths.

— Oui, Philippe. J'essaie juste de t'imaginer en tombeur de ces dames », ricane de plus belle Malika en quittant la pièce.

Nourine est soulagée de sentir que les regards sont désormais tournés vers Philippe. Des enseignants interrogent le matheux sur son ancienne vie et le brouhaha habituel reprend peu à peu, juste avant la première sonnerie. Nourine soupire, elle jette un coup d'œil furtif vers Kobène, les yeux déjà rivés sur son téléphone comme si rien ne s'était passé. « *Voilà, le rêve de Kobène se réalise,* entend-elle. *Cynthia et Kévin vont déchanter.* » Nourine n'a pas le temps de réagir à cette pensée que Franck et Caroline sont déjà près d'elle et de Kobène.

« Eh bien, miss Shafik », commence Franck en adressant un clin d'œil à Nourine et un sourire entendu à Kobène.

Ce dernier reçoit un appel et s'éloigne. Nourine imagine que la pensée venait de Franck.

« Aloooors ? la taquine Caroline.

— Vous deux ! poursuit Franck.

— C'est juste un café, Franck, précise Nourine.

— Il faut bien commencer quelque part », sourit de toutes ses dents Caroline, revigorée par la demande de Kobène, au contraire de Nourine qui paraît vexée. « Oh, allez, ne fais pas cette tête, Nourine ! Tout le monde n'est pas sollicité comme ça, tu sais. Franck, poursuit-elle en posant sa main sur le bras de son collègue, elle a peut-être un "match" à la mosquée.

— Hum, de plus en plus intéressant, commente Franck, voilà une jeune femme très convoitée.

— Bon, d'accord, ce n'est pas déplaisant... juste gênant. Mais franchement, grogne Nourine en chuchotant, il avait vraiment besoin de me le demander en public comme ça ?

— Ah ! c'est le style Kobène ! affirme Caroline.

— Un homme surprenant, confirme Franck.

— Oui, surprenant », répète Nourine en jetant un œil à Kobène.

Celui-ci, toujours au téléphone, se tient près de la fenêtre, une main dans une poche, la tête haute. *Qui sait, après tout ?* songe Nourine, déjà moins contrariée.

La distraction Kobène n'aura duré que le temps d'un après-midi. En rentrant, Nourine réalise qu'il lui reste moins de dix jours pour trouver l'identité de l'émetteur de la pensée sur le 3 avril. À la fin de sa prière de début de soirée, Nourine s'attarde un peu, en tailleur sur son tapis. Elle récapitule à voix basse toutes les informations à sa disposition, des questions se bousculent dans sa tête. Elle craint de passer à côté, encore. Puis elle se remémore les sages paroles de Lionel. Ce qui achève de la rassurer, c'est que chacun a pu voir le numéro d'appel en cas de crise. Elle prie doucement pour que quiconque en a besoin pense à s'en servir ou ose s'en servir. « Ah, si tante Rose-Dalia était encore là, j'aurais pu l'interroger ! Je me trompe peut-être, après tout. Je vais appeler *Oummi*. »

Enveloppée d'un plaid, Nourine s'installe dans son canapé et active le numéro de sa mère, dans le but de lui extirper des souvenirs.

« Nour, je ne sais plus… Tu sais, c'était il y a longtemps et tu fais ce que tu peux, tu fais déjà le nécessaire, ma Nour.

— Mais si je suis censée aider cette personne ?

— Tu es peut-être déjà venue en aide à la personne que tu devais secourir, ma chérie.

— Oui, concède Nourine sans conviction.

— Et pense à tout ce qu'il s'est passé depuis. Tu vas soutenir et même sauver de nombreuses personnes, avec tes prospectus.

— Oui, tu as sans doute raison, *Oummi*… Mais pourquoi je n'entends rien de plus précis, *Oummi* ? Ce serait tellement plus simple !

— Sans doute que ce n'est pas là l'important, ma Nour. »

La jeune femme soupire, son regard se pose sur son piano.

« Oui… sans doute, *Oummi*. »

Chapitre 27

Mercredi 25 mars

Une fois dans l'allée boisée menant à son immeuble, Nourine ralentit progressivement sa course matinale. Elle inspire et expire exagérément l'air qui s'est rafraîchi après une faible pluie. Elle étire ses bras tout en marchant. Depuis la veille au soir, elle se demande si elle a bien fait d'accepter la proposition de Kobène : *Et pourquoi pas ? Il quitte le lycée, maintenant, mais avait-il vraiment besoin de faire sa demande en public ?* Elle aperçoit à l'opposé sa voisine Miranda, en tenue décontractée mais chic, qui s'approche comme elle de l'entrée de l'immeuble. Un sac de courses à la main, Miranda sourit et agite sa main libre pour la saluer. Nourine regarde mécaniquement sa montre cachée sous la manche de sa parka. Presque simultanément, elle perçoit : « *On dirait qu'elle est étonnée de me voir à cette heure-ci !* » Sa montre indique neuf heures. Sans réfléchir, Nourine commente la remarque alors qu'elles atteignent la grille d'entrée.

« Oui, Miranda, je suis étonnée de te voir ici à cette heure-ci. »

Nourine prend conscience de son erreur en découvrant l'air surpris de Miranda. Gênée, elle tente de se rattraper rapidement.

« D'abord, bonjour, Miranda, sourit-elle, je veux dire que je ne te rencontre jamais le mercredi. Tout va bien ?

— Bonjour, Nourine, rit la voisine. Merci, tout va bien, je viens juste d'accompagner les enfants et j'ai pris quelques bricoles. » Elle pousse la grille et cède le passage à Nourine. « Avec Alexeï, on a trouvé un compromis : je travaille d'ici une fois par semaine.

— Une fois par semaine, répète Nourine en traversant la première porte.

— Je suis décoratrice d'intérieur, ce n'est pas vraiment une activité qu'on peut exercer simplement depuis un bureau, mais démarcher de nouveaux clients peut se faire d'un bureau.

— Je vois.

— Cela dit… je préfère vraiment rencontrer les clients en face-à-face. Il y a des contrats qui se négocient mieux autour d'un café ou après un bon déjeuner, plaisante-t-elle.

— Hum, mon père serait d'accord avec toi… Et ça convient à Alexeï ? laisse échapper Nourine en pressant le bouton pour appeler l'ascenseur.

— Écoute ça ! Tu sais que je pensais qu'on communiquait bien, Alexeï et moi ? Eh bien finalement, on a encore des progrès à faire. » Elle secoue la tête et sourit. « Figure-toi que je pensais qu'il m'en voulait de rentrer tard, alors je commençais mes journées de plus en plus tôt pour essayer de rentrer plus tôt et ne pas le laisser seul gérer les enfants.

— Je vois, commente Nourine en entrant dans l'ascenseur.

— Eh bien, il ne m'en voulait pas du tout : de son côté, il s'imaginait que mes promesses de rentrer tôt signifiaient que je le croyais incapable de gérer les enfants tout seul. Il sait que démarrer sa propre entreprise prend du temps au départ. Il craignait simplement que je rate des opportunités, tu vois, comme rencontrer des clients en fin de journée ou me rendre sur des chantiers assez loin d'ici.

— Ah oui ?

— Tu imagines ! Moi qui culpabilisais…

— Je crois qu'on suppose beaucoup de choses, au bout du compte, dit Nourine en sortant de l'ascenseur.

— Oui, c'est sûr. Heureusement qu'on a mis tout ça à plat pendant notre réunion trimestrielle.

— Votre quoi ? demande Nourine, surprise.

— Oh… avec Alex, on se fait un point sur notre couple environ tous les trois ou quatre mois.

— Ouah, super ! sourit Nourine.

— C'est notre truc pour rester connectés, s'amuse Miranda. Et toi, Nourine ? Tu as repris le piano ? Les enfants n'ont pas arrêté de dire que tu étais heureuse, ils t'ont entendue, je pense. T'as rencontré quelqu'un ?

— Oh, euh… Oui, enfin… Oui, ça va, je suis heureuse, répond Nourine, un peu embarrassée. J'ai eu une envie soudaine de reprendre, c'est vrai que des choses se débloquent en ce moment. Et pour répondre à ta deuxième question… hum, un collègue m'a en quelque sorte proposé de sortir, grimace la jeune enseignante avant d'éclater de rire avec sa voisine.

— Tout se débloque pour tout le monde on dirait, commente Miranda en se dirigeant vers sa porte. On doit se prendre un thé, ce dimanche après-midi. Je frapperai à ta porte, tu me raconteras tout.

— Le rendez-vous est pris, Miranda ! »

En se déchaussant, Nourine se dit qu'elle avait mal interprété les pensées d'Alexeï. Elle admet pour la première fois qu'elle a pu aussi interpréter de travers la pensée sur le 3 avril, ainsi que l'a suggéré Caroline au départ. *Comme Miranda, peut-être que je projette simplement ma culpabilité.*

***

Dans sa voiture, Nourine quitte le parking du lycée et met le cap vers chez ses parents. Elle a enfin imprimé, en évitant soigneusement la salle des professeurs, les prospectus individuels à destination des élèves, des enseignants et des assistants d'éducation. Après les avoir déposés rapidement au bureau de la CPE, non sans entendre une petite remarque sur la demande publique de Kobène, elle s'est éclipsée de l'établissement. Les yeux sur la route, elle se sent plus légère, une partie d'un poids semble s'être enlevée de ses épaules. *Si une personne n'a pas remarqué les posters, au moins, elle lira le prospectus mis dans son casier !*

À un feu rouge, Nourine regarde les quelques prospectus sur le siège passager. Son père lui en a réclamé quelques-uns dans le but de les afficher dans la mosquée. Nourine lui avait proposé de lui envoyer le visuel par e-mail ou de le lui scanner, mais il avait rouspété : « Nour, tu m'agaces avec les e-mails, les appels en visio et compagnie. On ne vit pas à des kilomètres l'un de l'autre ! Prends ta voiture et viens me les apporter ! »

Nourine trouve son père dans son vaste bureau au rez-de-chaussée, près de la porte d'entrée. Elle a toujours pensé qu'il avait choisi cet emplacement de manière stratégique, afin de pouvoir surveiller les allées et venues de ses enfants adolescents, puis jeunes adultes encore étudiants. Combien de fois, avec son frère, avait-elle tenté de sortir en douce en marchant en chaussettes, chaussures à la main, pour s'apercevoir que la porte du bureau était grande ouverte, laissant passer la lumière de la lampe à côté du fauteuil dans lequel leur père lisait ? « Comme s'il ne pouvait pas lire un livre dans sa chambre ! », grognait Nikolas.

Nourine, ce mercredi, le trouve assis à son bureau toujours placé au même endroit, près de l'entrée, devant une grande fenêtre. Des tapis d'Orient couvrent toujours le parquet en bois, des ouvrages sur les diverses religions et philosophies du monde remplissent des bibliothèques avec, à côté, deux vieux fauteuils. Dans ces fauteuils, Nourine a eu de nombreuses conversations sur la religion avec son père.

Caché derrière une pile de dossiers portant la mention « Mosquée », des demi-lunes sur le bout de son nez, Mouloud porte un épais pull camionneur gris sur une chemise blanche de grande qualité. Nourine entend en bruit de fond la lecture du Coran par le lecteur favori de son père. Elle s'annonce en frappant à la porte.

« Ah, *salam aleykoum*, ma Nour, s'exclame Mouloud en levant la tête.

— *Wa aleykoum salam*, *Baba*. Qu'est-ce que tu fais ? s'enquiert-elle après l'avoir embrassé.

— Je trie les papiers que je vais emporter pour un voyage é-du-ca-tif, annonce-t-il, un sourire en coin.

— Un voyage éducatif avec la mosquée ? Ça faisait longtemps, se moque-t-elle en prenant place dans un fauteuil en face du bureau.

— Ne te moque pas, ma Nour… ne te moque pas.

— Oh non, non ! *Astaghfirullah*[1] ! lâche-t-elle avec son plus grand sourire taquin, qui déclenche le rire de son père.

— Bon, plus sérieusement. » Il se lève en déplaçant certains dossiers du bureau. « Des dirigeants de la mosquée Abdel-Malik, celle du sud d'Izzedine, pas celle du centre, précise-t-il, ont participé à l'élaboration d'une formation de prévention du suicide. C'est encore expérimental, mais on va voir sur place. Je t'avais parlé de nos réunions avec mes amis, tu t'en souviens ?

— Oui, oui, *Baba*. »

---

[1] « Que Dieu me pardonne », en arabe. Formule également prononcée pour exprimer sa désapprobation.

Nourine considère son père avec fierté, il y a encore quelques mois, elle ne l'aurait jamais imaginé mettre sur pied un projet sur la santé mentale. « Des lâches », « des personnes sans foi », « des impatients », lançait-il à l'écoute de récits sur des tentatives de suicide. Une fois touché de près, il avait revu sa copie, ses croyances. Daoud venait régulièrement à la mosquée le dimanche et suivait également des cours religieux organisés dans ce lieu de culte. Mouloud le savait pieux et spirituel, alors, sa tentative de suicide l'avait bouleversé et bousculé. Depuis, il s'intéressait à la question d'un point de vue religieux, sa spécialité. Avec ses amis, d'anciens collègues, ils en avaient débattu et ils étaient arrivés à la conclusion que l'introduction de formations liées à la santé mentale pour les responsables religieux serait le plus appropriée. Mouloud se demandait toujours ce qu'il aurait conseillé à Daoud en tant qu'imam s'il lui avait confié ses intentions : l'aurait-il apaisé ou aurait-il précipité son suicide ?

« Tu sais, *Baba*, vous pourriez faire ça en visio, ajoute-t-elle en plaisantant.

« *Astaghfirullah !* Nour, tu te moques de ton vieux père, dit-il en riant.

— Juste un peu, *Baba*, rit à son tour Nourine.

— Je ne t'apprends rien, ma Nour, mais les grandes décisions se prennent souvent lors de discussions informelles autour d'un thé ou d'un café.

— Et même d'un déjeuner… Oui, *Baba*, je sais, se lamente-t-elle, je me souviens de tes cours ici même, dans ce bureau. D'ailleurs, je devrais peut-être passer prendre le thé avec la rectrice de la mosquée, j'aimerais bien redonner des cours aux enfants.

— Ah oui ? C'est vrai ? s'enthousiasme Mouloud.

— Oui. Finalement, ça me manque.

— Je sais que tu aimes bien enseigner les sciences religieuses, exulte Mouloud, je le sais, je le sais.

— Quand partez-vous ? demande Nourine en jouant avec les franges de son écharpe.

— Le 3 avril !

— Ah, le 3 avril ! laisse-t-elle échapper en lâchant son écharpe.

— Oh oui, c'est vrai, cette date… » Son père se rassoit. « Ta mère m'a rapporté les derniers éléments de ton… enquête. » Il sourit légèrement. « On peut résumer tes recherches ainsi, n'est-ce pas ?

— Oui, *Baba*, confirme Nourine en souriant elle aussi, c'est comme ça qu'on le prend, avec Caroline.

— Oh ! Avant que j'oublie, ta mère m'a laissé un livre pour toi avant d'aller à l'université. » Il se lève et soulève les différentes piles de dossiers sur son bureau : « Le voilà. » Il tend un livre à sa fille.

« Qu'est-ce que c'est ? demande Nourine, avant de lire le titre : *Je quitte ce monde de fous, mais chut !* Ah, la pièce d'Ephraïm !

— Oui, ta mère est tombée dessus ce matin en cherchant un ouvrage dans sa bibliothèque, elle a trouvé que c'était drôle ! Enfin, drôle (il retire ses demi-lunes et soupire en secouant la tête)… tu m'as compris.

— Oui, *Baba*, je t'ai compris, sourit Nourine.

— Enfin, bref, si tu veux mon opinion, je doute que des élèves de quatorze, quinze ans pensent à cette pièce aussi souvent… Ce serait magnifique si c'était le cas ! s'esclaffe-t-il.

— Je suis d'accord avec toi, *Baba*. » Elle soupire. « En tout cas, j'ai entrepris ce que j'ai pu pour l'instant. »

Elle lui remet les prospectus, il rechausse ses demi-lunes avant de lire attentivement, calé dans son fauteuil en cuir.

« C'est vrai, tu as fait ce que tu as pu. Cette affaire m'aura au moins permis d'obtenir ces prospectus et une visite de ta part, dit-il en souriant, les yeux au-dessus de ses lunettes.

— Oh, *Baba*… tu recommences, constate Nourine en se levant, un sourire aux lèvres. Je vais nous chercher quelque chose à grignoter.

— Très bien, fais donc ça, j'ai préparé des sandwichs en avance pour nous en même temps que celui de ta mère. On pourra manger pendant que tu me racontes où tu en es avec le site de rencontres de la mosquée.

— *Babaaa* ! Je n'ai pas envie de parler de ça », grommelle Nourine sur le pas de la porte.

Elle ne compte pas lui avouer qu'elle a consulté les e-mails reçus du site en question juste avant de prendre la route, en prévision d'une discussion à ce sujet. Elle lui révélera encore moins qu'un profil se détache parmi les trois courriels qu'elle a reçus.

« Oh, Nourine, ton oncle Moshem dîne avec nous, ce samedi, viens aussi, si tu es libre.

— Daoud sera là ?

— Je ne sais pas, murmure-t-il en reprenant son rangement.

— On doit s'appeler ce samedi », déclare-t-elle avec enthousiasme, toujours sur le seuil de la porte.

Son père s'arrête, surpris, les yeux brillants.

« Alors… alors, dis-lui de se joindre à nous, s'écrie-t-il, enjoué. Nikolas viendra peut-être aussi, ajoute-t-il.

— OK, *Baba* ! », lance Nourine.

Baba n'a pas tout à fait tort, il y a tout de même du bon dans cette histoire de 3 avril.

Chapitre 28

Jeudi 26 mars

Nourine répond aux questions de quelques élèves de première avant de recevoir sa prochaine classe, la troisième A. En rang et en silence dans le couloir, les élèves de troisième A suivent le défilé de ceux de première au sortir de la salle de Mme Shafik, puis rompent le silence à l'apparition de Younous, un frère de Slimane, aussi populaire que l'aîné, Hector. Les jeunes filles le couvent des yeux et tentent de capter son regard, tandis qu'il serre quelques mains. Nourine surgit sur le seuil de la porte, le calme revient rapidement, elle a le temps de voir Younous adresser un clin d'œil à son jeune frère, qui sourit très légèrement.

Malgré toutes les informations pour la prévention du suicide et sur la santé mentale à disposition, Nourine angoisse à l'idée d'enseigner à cette classe. Elle craint de dire ou de faire quelque chose qui pourrait précipiter le geste de l'élève présumé suicidaire. Elle se réconforte en regardant le nombre de jours qui restent avant le 3 avril.

J'ai encore un peu de temps pour le démasquer. Le souvenir des encouragements de ses parents et de ses voisins, Ali et Lionel, la rassure également : tous lui ont rappelé qu'elle avait bien fait d'intervertir les cours, dès qu'elle a su que le « suspect » se trouvait dans cette classe de troisième, pour dispenser celui portant sur la question du suicide. Par ailleurs, depuis sa rencontre avec Miranda la veille, Nourine se surprend à considérer qu'elle a peut-être mal interprété ce qu'elle a entendu, même si cela ne dure jamais longtemps, comme en ce moment. *Et si j'avais vraiment raison ? Calme-toi, Nourine, maintenant, tout le monde a les prospectus dans le lycée.* Rassérénée, elle commence son cours, qu'elle délivre le plus sereinement possible : elle laisse les élèves réaliser un exercice et s'active sur l'ordinateur. « *Une fête d'anniversaire le 3 ?* surprend-elle. *Tu parles ! Je serai même pas là !* »

Nourine redresse brusquement la tête : « Quelqu'un est né le 3 avril ! » Les élèves relèvent le front un à un, et fixent leur professeure. Nourine prend conscience qu'elle a pensé tout haut. Confuse, elle clarifie sa voix et répète : « Alors, quelqu'un est-il né le 3 avril ? » Une main se lève timidement, c'est Slimane. Le cœur de Nourine bat très fort, elle tente de contrôler sa respiration et d'effacer un sourire de soulagement. *On avait vu juste, c'est bien lui*, pense-t-elle avant de reprendre :

« Alors, vous êtes né le 3 ? D'accord.

— Oui, atteste le jeune garçon avec détachement.

— D'accord, hum, je vérifiai… (elle cherche ses mots) le carnet… » Elle s'éclaircit de nouveau la voix : « Allez-vous donner une fête ? » Les élèves braquent d'un coup leurs regards sur Slimane, impatients d'entendre la réponse.

« J'sais pas encore, madame, répond-il, gêné d'avoir soudain toute l'attention sur lui, mais ravi que Makeba le regarde aussi, en tripotant ses longues tresses.

— Hé, Sli, j'espère que si t'en fais une, tu vas nous inviter ! », lance Liam, un grand sourire aux lèvres.

Des murmures se répandent aussitôt dans la salle, chacun se réjouissant d'une telle perspective. La jeune enseignante s'aperçoit de la mine ravie mais confuse de Slimane, elle s'apprête à appeler au calme quand un tintement la retient : « *Une fête, oui… mais pas celle qu'on croit !* » Nourine pousse un petit cri de stupeur qui passe inaperçu dans la salle maintenant bruyante. Elle reprend rapidement ses esprits et exige le silence. *Je discuterai avec lui à la fin du cours*, songe-t-elle, non sans un sentiment mêlé de tristesse et de satisfaction. Elle laisse les élèves à leur exercice plus de temps qu'il ne le faudrait, tant elle n'arrive pas à se concentrer. Les divers scénarios pour sa discussion avec Slimane accaparent son esprit.

Lorsque la sonnerie retentit enfin, Nourine demande à l'adolescent de rester. Elle tente de rassembler une dernière fois ses idées sur la façon d'aborder le sujet avec lui, tandis que les élèves sortent. Slimane s'arrête au bureau de sa professeure. Ses derniers camarades quittent la classe en passant derrière lui. Au passage, Liam agrippe de ses deux mains les épaules de Slimane qui sursaute légèrement, avant de se retourner :

« Hé, tu nous oublies pas, Sli ! Et puis, on doit fêter ton arrivée sur TopTop ! »

Content, Slimane sourit à Liam pour toute réponse, ses regards assassins pour son rival ont disparu.

« Madame Shafik, s'écrie Liam en partant, Slimane est sur TopTop.

— Je ne sais pas si les félicitations s'imposent », plaisante Nourine.

TopTop est le réseau social en vogue chez les quinze-vingt ans. Elle attend un moment que le silence se fasse dans le couloir. Slimane semble intrigué.

« Tout à l'heure, commence-t-elle, à l'évocation de votre anniversaire, vous avez fait grise mine. Est-ce que tout va bien, Slimane ?

— Oui… » Il souffle doucement et touche le duvet qui lui sert de moustache. « Je sais, ça va être mon anniversaire, mais c'est ma mère qui gère la liste des invités… On dirait que c'est sa fête. Je sais pas si j'ai envie d'y être, à cette fête ! », déplore le garçon en baissant la tête un instant. « Ça m'énerve, madame, continue-t-il en regardant de nouveau sa professeure. Je voulais inviter la classe.

— La… la classe ? La classe entière ? interroge Nourine, surprise.

— Oui, madame Shafik. » Il baisse la tête à nouveau et murmure : « Pour connaître un peu tout le monde.

— Au mois de mars ? Vous ne connaissez pas tout le monde ?

— Ouais ! Enfin je veux dire : oui », dit-il en relevant les yeux et avec un sourire en coin.

Un sourire qu'elle ne lui connaissait pas. Son regard se pose machinalement sur la table de Makeba.

« Hum, je vois », sourit Nourine.

Slimane comprend et rougit, il toussote, mal à l'aise.

« Et si ça ne fonctionne pas, avec…

— Je tente ma chance, madame », déclare-t-il, assez confiant.

Nourine se rappelle les rumeurs dans la salle des professeurs : Liam aurait une petite amie dans un autre lycée. Slimane est au courant, ce qui explique la disparition des braises dans ses yeux quand il regarde son camarade.

« Et en plus, ajoute-t-il, apparemment, quelqu'un a des vues sur moi… dit-il crânement.

— Oh, je vois, répète Nourine avec un sourire, satisfaite d'avoir suffisamment mis en confiance son élève pour recevoir ses confidences.

— Je peux y aller, madame ?

— Attendez, Slimane. »

Le jeune garçon garde la tête baissée, puis la relève brusquement, comprenant que sa professeure attend qu'il lui fasse face.

« Vous pouvez toujours organiser deux fêtes, l'une pour votre mère, un déjeuner par exemple, et l'autre pour vous et vos camarades, l'après-midi ou en soirée. »

Nourine observe les yeux de Slimane s'illuminer, un sourire barre son visage.

« Merci, madame Shafik, merci… c'est une super idée ! exulte-t-il, des étoiles dans les yeux. Je vais voir avec ma mère. Ah, merci madame ! déclare-t-il, déjà presque à l'extérieur de la salle.

— Tenez-moi au courant.

— Oui, madame ! », crie-t-il du couloir.

Nourine se félicite de lui avoir rendu le sourire. A-t-elle réussi à le dissuader de mettre fin à ses jours ? La professeure n'en est pas convaincue et pour cause, elle doute maintenant que Slimane ait eu cette pensée. *Il réfléchissait seulement à son anniversaire. Mais « je quitte ce monde » ne colle pas avec un anniversaire. Alors, si ce n'est pas lui, qui est-ce ?*

Elle veut en parler à Caroline au plus vite. Elle attrape son sac, prête à quitter la salle… et s'immobilise. Elle souffle, dépitée. *Oh ! non, c'est vrai, la salle des profs… je n'ai vraiment pas envie d'y aller. Mais pas le choix !* L'idée de se retrouver parmi ses collègues depuis la demande de Kobène le mardi précédent la met déjà mal à l'aise.

La veille, elle a réussi à esquiver le face-à-face avec eux. Seulement, ce matin-là, elle a senti des regards entendus posés sur elle dès qu'elle a franchi la porte du lycée : chez la CPE, en croisant les assistants d'éducation. Elle a même eu l'impression que les élèves savaient. Mais rien à voir avec l'hostilité qu'elle rencontre dans la salle des professeurs. Avant la proposition publique de Kobène, Nourine avait sous-estimé le degré d'intérêt que lui portait la gent féminine. Elle remarque qu'elle inspire désormais de l'antipathie à certaines collègues, en particulier à Cynthia Belore.

Absente lors de la proposition de Kobène, Cynthia en a eu vent très rapidement. Elle n'a pas adressé son bonjour enthousiaste habituel à Nourine en la croisant. Elle s'est contentée d'un murmure, jeté du bout des lèvres, tout en scrutant de ses yeux noirs d'amertume et de jalousie l'allure de sa rivale, à la recherche de ce qui pouvait séduire Kobène.

* * *

Dans la salle des professeurs, dans un coin de l'îlot, Nourine déguste une viennoiserie accompagnée d'un chocolat chaud, tout en racontant le projet d'anniversaire de Slimane à Caroline qui boit un jus d'orange. Elle s'interrompt un instant au passage de Kévin : « Bonjour, Kévin ! Tu as vu les prospectus ? Qu'en penses-tu, finalement ?

— Ah ! oui, Nourine, bonjour. Oui, j'ai vu, c'est très bien », dit-il sans enthousiasme. Et il passe son chemin.

« Il s'est levé du mauvais pied on dirait, commente Caroline.

— Oh ! je l'ai croisé hier, il m'a à peine adressé la parole, je n'ai pas pu lui poser la question sur les prospectus. Il agit comme si je l'avais déçu.

— Un dommage collatéral de l'effet Kobène », chuchote Caroline avant de pouffer de rire.

Nourine sourit et poursuit sa narration au sujet de Slimane. Franck, qui vient de s'installer pas loin avec son café, surprend la conversation.

« Ah ! Alors, le petit Slimane projette un anniversaire avec toute sa classe ? Pour enfin parler à Makeba, je présume. Bien vu, commente-t-il en ôtant la veste de son costume trois pièces bleu nuit.

— Le champ est libre, maintenant que Liam a une petite copine dans un autre lycée, ajoute Sofia qui vient se greffer à la conversation, sans un regard pour Nourine.

— Oh ! je comprends pourquoi les éclairs ont disparu de ses yeux quand il regardait Liam, s'explique Caroline.

— Ah oui ? Tu avais remarqué, toi aussi ? note Nourine.

— Mais ça ne va pas plaire à la petite Nina, continue Franck.

— Nina ? s'étonne Nourine, échangeant un regard complice avec Caroline.

— Ne me dis pas que tu n'as pas remarqué ! Elle est intéressée par Slimane, elle a le béguin ! Ou un "crush", comme ils disent, s'exclame Sofia, sarcastique, en secouant vigoureusement son rideau de cheveux sur son front.

— Ah, Nina ! », répète Nourine, sans prêter attention au ton de Sofia. Elle songe aux paroles de Slimane un peu plus tôt : « Apparemment, quelqu'un a des vues sur moi. »

« Un vrai soap opera, commente Malika en s'avançant lentement vers l'îlot. Vous êtes bien renseignés, dites donc… Ça fait peur ! grimace-t-elle.

— Vous croyez qu'il vient de décider de cette fête ? s'enquiert Caroline en lançant un petit regard de connivence à Nourine.

— Non ! réagit Malika. Dans sa famille, ils font toujours une grande fête. Pour les quinze ans de ses frères aînés, ils en avaient aussi organisé une, mais je ne sais plus si toute la classe avait été invitée… »

Nourine échange un regard entendu avec son amie philosophe. Lorsque la première sonnerie retentit, elle profite du bruit de rangement de la salle pour s'adresser à Caroline, qui sourit.

« Alors, tu penses comme moi ? chuchote Nourine. On raye Slimane de la liste ?

— On raye Slimane de la liste, confirme Caroline à voix basse.

— On est d'accord, il est content à l'idée de cette fête… Il va pouvoir parler à Makeba, et il sait que Nina s'intéresse à lui… On est d'accord ?

— On est d'accord. OK, finalement, il n'y a plus de liste !

— Tu penses vraiment que c'était lui ?

— Oui, tout correspond. »

Caroline se lève et s'avance pour déposer sa tasse dans le lave-vaisselle.

« Je trouve que ça ne colle pas », la suit Nourine.

Caroline s'arrête et la fixe :

« Pourtant (elle jette un œil autour d'elle avant de poursuivre), il parlait bien du 3 avril. »

Elle referme le lave-vaisselle.

« D'accord, mais… "quitter ce monde" ? chuchote Nourine. Ça ne colle pas. Pourquoi aurait-il pensé ça dans un tel contexte ? insiste-t-elle à mi-voix.

— En effet, réfléchit Caroline, tu as raison… ça ne colle pas. »

La salle se vide alors que les deux femmes restent silencieuses.

« C'est un autre élève, Caroline. J'en suis certaine, maintenant.

— Tu ne penses pas à Nina, quand même ?

— Si, Nina ! objecte Nourine. Elle s'intéresse à Slimane et Slimane s'intéresse à Makeba !

— Oh… bof. »

Caroline fait une moue dubitative.

« Je pense qu'on devrait la surveiller…

— D'accord, d'accord… Alors, on la surveille de près », concède la professeure de philosophie, seulement soucieuse de ne pas froisser son amie.

Les deux femmes s'entendent sur ce point avant de quitter la salle.

Je l'ai négligée, réfléchit Nourine. *Je n'ai pas prêté suffisamment attention à Nina. Mais est-ce qu'elle ferait ça ? Je ne l'avais pas imaginé pour Daoud, et pourtant…*

Chapitre 29

Vendredi 27 mars

Son dernier cours de la journée avec sa première terminé, la classe se vide peu à peu au fur et à mesure que chacun reprend son téléphone dans le casier. Nourine se réjouit de ne pas avoir à retourner dans la salle des professeurs, décidément terrain miné, « en tout cas jusqu'au départ de Kobène », avait-elle plaisanté avec Caroline. L'hostilité d'une partie de la gent féminine et les bouderies de Kévin l'épuisent. *Comme dirait Malika, si l'on était dans une romance hollywoodienne, le remplaçant de Kobène serait un parfait « match » pour Cynthia Belore. Cela donnerait une fin heureuse pour tout le monde, ou alors, elle finirait avec le pauvre Kévin !*

Fanny et ses deux fidèles copines, Nina et Awa, passent devant la classe. Nourine, debout devant son bureau, les aperçoit et les salue de la main. Puis elle prend place face à son écran et tape le compte rendu du cours. Elle lève la tête un instant, Fanny et ses acolytes piétinent à l'entrée de la salle, se dévisageant mutuellement.

« Oui, mesdemoiselles ? Vous avez oublié quelque chose ce matin ? »

Nina et Awa jettent un regard d'encouragement à Fanny.

« Madame Shafik, commence l'adolescente en entrant dans la salle, j'ai vu les informations sur l'appli… » Ses deux camarades la suivent en hochant la tête. « Et, euh, j'ai…

— C'est vous qui les avez mises en ligne ? demande enfin Nina.

— Je ne les ai pas mises en ligne, mais j'ai rédigé la note, déclare Nourine, intriguée. Vous avez constaté une erreur ? Quelque chose en particulier dont vous voudriez parler, Nina ?

— Non, affirment les trois filles à l'unisson en retenant un petit rire.

— Non, vous êtes sûres ? »

Nourine les détaille, de plus en plus perplexe.

« Non, madame, reprend Fanny. Ou plutôt oui… J'ai juste un conseil à vous demander. »

Elle s'avance d'un pas.

« Ah oui ? Bien sûr, Fanny, je vous écoute.

— C'est pas un conseil en fait que je demande… Je ne sais pas trop comment vous le dire », hésite la jeune fille en se balançant de droite à gauche. Ses copines lui chuchotent des encouragements, tandis que Nourine se lève de sa chaise, pour s'asseoir à moitié sur un coin du bureau, à hauteur de Fanny.

« Je vous écoute, Fanny, répète-t-elle, se voulant la plus rassurante possible.

— C'est décidé, le 3 avril, je quitte ce monde ! »

Nourine bascule légèrement en arrière, interdite.

« Oh ! ne vous inquiétez pas, madame, continue rapidement Fanny en remarquant l'effroi sur le visage de sa professeure, je ne vais pas "quitter ce monde", mais ma mère…

— Votre mère ? répète Nourine en tentant de masquer sa panique. *Oh, mon Dieu, c'est sa mère, la pauvre !*

— Oui, enfin non… En fait, je veux dire que, oh ! »

Fanny met ses mains sur son visage. Nourine en reste bouche bée.

« Allez, dis-lui Fanny. Regarde, la prof va s'évanouir, glousse Nina.

— Bon, d'accord, d'accord, je recommence, s'exclame Fanny.

— Oui, raconte du début, chuchote Nina en lui saisissant un bras pour la soutenir.

— Oui, prenez votre temps, invite Nourine, essayant elle-même de garder son calme.

— J'ai trouvé un cahier, une sorte de journal intime de ma mère… Mais je suis tombée dessus par hasard ! s'empresse-t-elle de préciser. Elle avait à peu près mon âge, je pense, quand elle l'a écrit… Et elle a écrit : "Le 3 avril, je quitte ce monde."

— Votre mère… chuchote Nourine, les yeux grands ouverts. Votre mère, à votre âge, répète-t-elle à très haute voix, avec un mélange de surprise et de soulagement.

— C'était il y a longtemps, madame. Au début, je croyais que c'était un projet de suicide, vous voyez…

— Oui, parfaitement, confesse Nourine, se gardant bien de lui dire qu'elle a pensé la même chose.

— Je lui ai parlé des prospectus et de l'appli, vous savez. Elle avait vu l'info sur l'appli aussi. Alors, j'en ai profité pour lui parler de ce 3 avril et en fait, c'était *Le 3 avril, je quitte ce monde de fous, mais chut !*

— OOOH ! La pièce de théâtre ! s'exclame Nourine, abasourdie.

— Oui, c'est ça ! La pièce de théâtre. Elle avait juste noté ça, "le 3 avril, je quitte ce monde", parce qu'elle connaissait la suite…

— Oh ! mon Dieu, sourit Nourine, la pièce de théâtre. C'était donc juste la pièce de théâtre ! s'exclame-t-elle, soulagée.

— Vous avez eu peur, vous aussi, madame ! remarque Nina.

— Oui, on peut facilement s'imaginer le pire, tente de se justifier l'enseignante, encore sous le choc.

— Vous voyez, madame Shafik, depuis tout ce temps, je m'étais imaginé qu'elle avait voulu se suicider et que peut-être elle y pensait encore.

— Oh ! croyez-moi, je comprends tout à fait que vous ayez pu penser ainsi, se réjouit presque Nourine. Alors, c'était juste la pièce, souffle Nourine sous les regards intrigués des jeunes filles.

— Vous connaissez la pièce ? s'étonne Nina.

— Oui, oui, je connais cette pièce. Il y a longtemps qu'elle n'est plus jouée.

— Vous savez quoi, madame Shafik, reprend Fanny, enjouée, je voulais en discuter avec elle le week-end dernier…

— Oh ! Ce fameux soir.

— Oui, ce soir-là… mais finalement, elle m'a ramenée que tard le soir. Elle est restée aussi pour rencontrer la copine de mon père, ajoute l'adolescente en riant. C'était bizarre pour mon père, madame, on aurait dit qu'elles se connaissaient depuis toujours ! »

Fanny éclate de rire. Nourine se joint à l'hilarité générale, relâchant ainsi la pression accumulée.

« Fanny, je suis contente que ces prospectus vous aient incitée à lui parler.

— Oh ! ben en fait, c'est pour ça que je voulais vous parler. C'était pour vous remercier d'avoir mis à disposition ces informations partout dans le lycée et sur l'appli, ça m'a aidée à lancer la discussion… Sinon, je n'aurais jamais eu le courage de parler à ma mère de ce que j'ai trouvé.

— Je vois, sourit Nourine.

— Ah, j'ai eu peur, madame ! soupire Fanny en laissant tomber sa tête sur l'épaule de Nina. J'avais peur qu'elle ait encore ces idées quelquefois.

— Ah oui, elle n'arrêtait pas de nous en parler depuis… Oh là là, s'amuse Awa.

— Je n'ai pas de mal à l'imaginer, confie Nourine en laissant échapper un petit rire. Allez, les cours sont finis pour la semaine et vous avez besoin de prendre un peu l'air… et moi aussi ! », dit-elle entre ses dents, ce qui provoque l'hilarité des jeunes filles.

Surexcitée, Nourine retourne se laisser tomber sur son fauteuil, un sourire aux lèvres, l'air songeur. « Miss Sourire, c'était Miss Sourire ! Incroyable ! », ne cesse-t-elle de répéter. Elle regarde l'heure, se dépêche de ranger ses affaires dans son sac et de s'assurer que la salle est en ordre. Elle a hâte d'annoncer la bonne nouvelle à Caroline et d'envoyer des SMS à ses voisins et à ses parents, en chemin vers le café. Ce vendredi, comme chaque dernier du mois, tous les collègues se rejoignent dans un grand bar, dans le centre de Gefflait.

Chapitre 30

Le bruit de talons claquant rapidement sur le sol alerte Caroline de l'arrivée de Nourine. Adossée contre une portière de sa voiture, elle range son portable. Nourine s'approche à grands pas, elle sourit à son amie de toutes ses dents. Caroline, mi-intriguée, mi-amusée, la dévisage. Nourine, haletante, atteint la voiture.

« C'est l'idée de voir Kobène qui te met dans un tel état d'excitation ? s'amuse Caroline en réprimant un fou rire.

— Pas du tout ! Tu n'y es pas du tout ! » Elle serre le bras de son amie : « Je sais qui c'est, le 3 avril ! »

Emportée par l'enthousiasme de Nourine, Caroline pousse un cri de joie et prend son amie par les épaules.

« Alors, qui est-ce ?

— C'est Miss Sourire !

— Miss Sourire ?

— C'est fou, n'est-ce pas ? Je n'en reviens toujours pas ! C'est génial ! s'enthousiasme Nourine en réajustant son sac sur son épaule.

— Oui, c'est génial, se réjouit également Caroline.

— Vraiment génial ! », crie Nourine en entraînant son amie dans ses petits sauts de joie.

Caroline s'arrête subitement :

« Mais pourquoi on se réjouit comme ça, au juste ? Ce n'est pas drôle ! On parle d'un suicide, tout de même.

— Parce que ce n'est pas vraiment ce qu'on pensait… Du moins, pas ce que JE pensais », rectifie Nourine sous le regard perplexe de son amie.

Elle se lance alors dans une explication, n'omettant aucun détail.

« Ha, ha ! Donc, j'avais raison… dès le début », plaisante Caroline.

Soulagées et contentes d'avoir résolu l'énigme sans aucun blessé à l'arrivée, les deux femmes se mettent en route pour rejoindre leurs collègues dans le café choisi ce mois-ci par Franck, dans le centre-ville.

Sur le chemin, Caroline rappelle à son amie l'effet de cette affaire sur elle, insistant sur le fait qu'elle a « beaucoup réfléchi », et elle précise que c'est dès le lendemain qu'elle ira voir un médecin pour obtenir un arrêt de travail.

« Tu sais, Nourine, j'ai besoin de recul, de temps pour réfléchir… seule. J'en ai parlé à Mme Ibramovitch et au proviseur, ils vont s'arranger pour que mon remplaçant devienne le titulaire du poste de Kobène.

— Bonne idée, réagit Nourine.

— Et si ça ne fonctionne pas, la CPE prendra temporairement les rênes… Elle est docteure en philosophie, tu sais.

— Oui, c'est vrai... Et Ivan ? se risque à demander Nourine.

— Ivan ! » Caroline soupire. « Je lui ai dit que j'avais besoin de me mettre au vert pour réfléchir à notre couple. On a parlé. » La jeune femme inspire profondément, regardant droit devant elle. « Il sait déjà depuis un petit moment qu'il ne veut plus d'enfant, mais il ne savait pas comment me l'annoncer. »

Nourine imagine l'effort que demande à son amie de lui confier cela. Malgré la concentration de Caroline sur la route, elle voit bien qu'elle lutte pour retenir ses larmes.

« Très bien. Du recul, au calme, seule, c'est très bien ! essaie de la rassurer Nourine. Où vas-tu aller ?

— Oh ! Chez ma mère.

— Chez ta mère ? », répète Nourine, ahurie, en laissant échapper un rire nerveux. « Enfin, j'adore ta mère, ne te méprends pas, se corrige-t-elle sous les rires de Caroline, mais...

— Ne t'inquiète pas, Nourine, je voulais dire dans sa maison de campagne à Burnley, glousse-t-elle, je veux vraiment du calme.

— Ah ! »

Nourine se met à rire.

« Ensuite, je dois commencer mes séances avec un thérapeute. Tu vois, j'y ai beaucoup réfléchi.

— C'est très bien ! encourage Nourine. Seule, aussi, le thérapeute ? Ou...

— Seule. Pour l'instant.

— D'accord.

— Je me dis que je pourrais lui imposer une vasectomie, si je reste avec lui… Après tout, le sacrifice est de mon côté… affirme Caroline sans attendre de commentaires.

— Ah oui, chuchote presque Nourine, qui comprend que son amie pense maintenant à voix haute.

— C'est drôle, reprend Caroline d'une voix claire, j'avais toujours pensé qu'un jour, on sortirait à quatre, avec Ivan et ton chéri. Maintenant que tu l'as peut-être trouvé…

— Un gros "peut-être" ! précise Nourine.

— Une chance sur deux quand même. Tu oublies le "match" potentiel de la mosquée, sourit Caroline. Bref, c'est moi qui vais peut-être… »

Elle s'interrompt, la voix étranglée par l'émotion. Nourine ne sait quoi lui dire pour l'apaiser.

« C'est dur, finit-elle par murmurer, regrettant aussitôt de ne pas avoir trouvé mieux à dire.

— Bon, assez parlé de moi ! annonce Caroline comme pour se réprimander. On va fêter notre "succès" ! ajoute-t-elle en s'efforçant de sourire.

— Oui, notre succès, si on peut appeler ça comme ça, clame Nourine avec entrain.

— Est-ce qu'on va trinquer à ton nouveau chéri ? s'amuse enfin Caroline.

— Oh, mon Dieu ! J'avais déjà oublié qu'il serait là aussi, rit Nourine en mettant ses deux mains sur ses joues. Oh ! mon Dieu, quand je repense à la scène de mardi… Et Kévin qui me fait la tête depuis. Tu imagines, il boude.

— Il boude ? Vraiment ? s'étonne Caroline.

— Oui, et pourtant, je n'ai rien signé avec lui, je ne lui ai même pas envoyé de signaux du genre "Hé, ho, tu m'intéresses". Du moins, je ne crois pas.

— Ah oui ! Tu es sûre de toi ? Peut-être qu'un jour, tu lui as demandé s'il n'avait pas chaud avec son pull, et il en a conclu que c'était un évident "Hé, ho, tu m'intéresses", ricane Caroline.

— C'est ça… moque-toi de moi, s'esclaffe Nourine.

— Ah, et n'oublie pas ton soupirant de la mosquée !

— Quel succès ! Je suis irrésistible !

— T'imagines, si tu entendais leurs pensées maintenant !

— Ah non ! proteste Nourine en levant les mains, paumes vers le ciel, *ya Allah*, c'est bon, je ne veux plus rien entendre…

— Amen ! Ou "ëimène", à l'américaine, pouffe Caroline.

— Amen ! hurle Nourine avant d'éclater de rire. Ah, mon Dieu, quelle journée ! soupire-t-elle.

— Allez, un peu de musique, on va chanter ! », lance la philosophe.

Pendant que son amie sélectionne une playlist, Nourine sort son téléphone afin d'annoncer la bonne nouvelle par SMS à ses parents, mais aussi à Lionel et Ali. Puis elle chante à tue-tête avec son amie le temps du trajet restant. Elle se réjouit de voir Caroline se détendre un peu, tout comme elle.

Chapitre 31

Samedi 28 mars

Nourine s'admire une dernière fois dans le miroir. Elle s'est apprêtée à la hâte pour se rendre au dîner chez ses parents après avoir passé l'après-midi chez Lionel et Ali, « pour le débrief ! », avait ordonné ce dernier par SMS, la veille au soir. Toute la matinée, elle a discuté avec Daoud au téléphone, comme au bon vieux temps. Il lui a raconté sa formation de plombier, qu'il a commencée au retour de son séjour en Bosnie où vit sa mère. Elle, elle lui a raconté Kobène, et le « match » sur le site de rencontres de la mosquée. Elle avait décidé d'attendre un peu avant de lui parler des pensées qu'elle a entendues, mais les paroles se sont échappées, un flot qu'elle n'a pas pu arrêter. D'abord surpris et amusé, Daoud a ensuite écouté en silence, sans émettre les sons qui indiquent sa présence à son interlocuteur. Nourine a soupiré à la fin de son récit, soulagée de lui avoir tout raconté. « Ne t'inquiète pas, avait-elle complété, je n'entends plus rien. Je veux dire que je n'ai rien entendu depuis plusieurs jours. » À sa grande stupéfaction, pour toute réponse, Daoud s'est livré à son tour. Il a crevé l'abcès. Il s'est servi de la pression qu'avait possiblement ressentie Kobène dans son projet de décrocher un poste à l'université comme son père, pour avouer à Nourine la tension, difficile à vivre, qu'il rencontrait avec son propre père. Il lui a confié que, par-dessus tout, il s'était senti piégé par les mensonges qu'ils s'étaient racontés pendant si longtemps. Il n'aimait pas son travail, il rêvait d'autre chose, il n'était pas heureux. Il n'avait pas su comment en parler. Nourine a accueilli ces confidences avec bienveillance et compassion. Elle a admis qu'elle ne les aurait sûrement pas entendues de la même manière quelques mois auparavant. Ils ont terminé leur conversation du samedi en jouant du piano en « visio », comme autrefois, et maintenant, elle s'apprête à le voir en personne chez ses parents.

Elle est impatiente. Elle n'appréhende plus cette rencontre depuis leur franche discussion. Elle s'était posé des questions sur leur possible gêne en se revoyant physiquement ou sur sa réaction à l'évocation du prochain voyage de son père pour son projet de prévention.

Elle prend son téléphone et songe au message reçu plus tôt d'Ahmad, le « match » de la mosquée auquel elle n'a pas encore répondu ; il l'invite à une rencontre en personne, préférant les échanges directs aux interminables discussions par e-mail ou texto. Elle s'apprête à ranger son téléphone dans son sac quand elle reçoit de Kobène un SMS qu'elle lit rapidement. Elle ne donne pas suite : elle répondra aux deux messages à son retour. Elle se prépare à ouvrir la porte d'entrée, mais décide d'expédier un message à son amie Caroline. Une fois le SMS envoyé, elle franchit la porte.

Son amie lira :

> « Kobène me propose un premier café en tête à tête... le 3 avril. :-) »